I0748564

УБИЙСТВО НА ПОЛЕ ДЛЯ ГОЛЬФА

Агата Кристи

Убийство на поле для гольфа

Агата Кристи

Перевод И. В. Шевченко

Эркюль Пуаро получает письмо от южноамериканского миллионера с просьбой о помощи. Но Пуаро и Гастингс не успевают спасти несчастного месье Рено - его труп находят на поле для гольфа. Пуаро вынужден погрузиться в запутанную цепь событий, происходивших задолго до расследования, чтобы выйти на убийцу миллионера.

ISBN: 978-1-7638223-0-6

УБИЙСТВО НА ПОЛЕ ДЛЯ ГОЛЬФА

Глава 1. Попутчица

Вероятно, многие помнят известный анекдот о том, как молодой автор, желая сразить наповал пресыщенного редактора, которого ничем уже не проймешь, сразу взял быка за рога и начал свой роман словами: «Черт побери! – воскликнула герцогиня».

Удивительное совпадение, но история, которая приключилась со мною, имеет очень похожее начало. Правда, юная леди, с уст которой сорвалось упомянутое мною энергическое выражение, явно не принадлежала к титулованным особам.

Стояло самое начало июня. Закончив дела в Париже, я возвращался утренним поездом в Лондон, где мы с моим старым другом Эркюлем Пуаро, удалившимся от дел бельгийским сыщиком, снимали квартиру.

Экспресс Париж – Кале[1] был на удивление пуст. В купе, кроме меня, находился всего один пассажир, которого я едва приметил краем глаза, озабоченно пересматривая свой багаж, наспех упакованный в гостинице. Но вот поезд тронулся, и тут мой попутчик, вернее, попутчица весьма решительно напомнила о своем присутствии. Вскочив с места, она опустила стекло и высунулась наружу, потом, со стуком водворив его на место, громко выпалила: «Черт подери!»

Вообще-то по нынешним временам я несколько старомоден, считаю, например, что женщине не пристало расставаться с исконными женскими добродетелями. Терпеть не могу нынешних нервических молодых особ, которые только и знают, что дергаются под музыку джаз-банда, дымят, точно паровоз, и изъясняются так, что могут вогнать в краску торговок с Биллингсгейта[2].

---

[1] Кале – город во Франции на проливе Па-де-Кале, отделяющем Францию от Англии.

[2] Биллингсгейт – большой рыбный рынок в Лондоне.

Я бросил не слишком приветливый взгляд на хорошенькую головку, лихо увенчанную маленькой красной шляпкой. Довольно дерзкая девица! Густые черные завитки скрывали уши. Вряд ли ей было больше семнадцати, несмотря на толстый слой пудры, покрывавшей ее лицо, и губы, накрашенные не просто ярко, а что называется вырви глаз.

Нимало не смущаясь, она ответила на мой взгляд и скорчила презрительную гримаску.

– Скажите на милость! Почтенный джентльмен, кажется, шокирован! – воскликнула она, адресуясь к воображаемой публике. – Прошу прощения! Дурной тон и всякое такое… но, ей-богу, я не виновата! Представляете, куда-то делась моя сестра, моя единственная сестра!

– Вот как? – вежливо осведомился я. – Право, мне очень жаль!

– Он нас осуждает, – заметила девушка. – Осуждает и меня, и мою сестру. И это уже совсем несправедливо, ведь он ее даже не видел.

Я хотел было возразить ей, но она и рта не дала мне открыть:

– Ни слова более! Никто меня не любит! Я удалюсь в пустыню и буду жить, акридами питаясь![1] О-о-о! О, горе мне, о, горе!

Она спряталась за французским юмористическим журналом огромного формата. Но не прошло и минуты, как я заметил, что девушка поверх журнала украдкой кидает на меня любопытные взгляды. Как я ни крепился, мне не удалось сдержать улыбки. Тогда и она, отбросив журнал, разразилась веселым смехом.

– Я так и думала – вы не такой зануда, каким показались мне вначале, – воскликнула она.

Незнакомка смеялась так заразительно, что и я невольно тоже расхохотался, хотя словечко, которым она наградила меня, было не слишком лестно.

– Ну вот! Мы и подружились! – объявила дерзкая девчонка. – Скажите, вы огорчены, что моя сестра…

---

[1] Фразеологическое выражение, означающее: скудно, впроголодь питаться (акриды – род съедобной саранчи).

– Я безутешен!

– Смотрите, какой добренький!

– Однако позвольте мне закончить мою мысль. Я хотел сказать, хоть я и безутешен, надеюсь, я как-нибудь примирюсь с ее отсутствием, – заметил я, отвешивая легкий поклон.

В ответ на мои слова эта абсолютно непредсказуемая особа нахмурилась и покачала головой.

– Ну, хватит! Мне больше нравится, как вы изображаете благородное негодование. Не нашего, мол, круга. И тут вы совершенно правы, хотя имейте в виду, в наше время не так все просто. Не каждый отличит даму полусвета от герцогини. Ну вот, кажется, я снова шокировала вас! И откуда вы такой взялись, ну просто допотопный тип. А впрочем, мне это даже нравится. Я ведь могу поладить с каким-нибудь снобом и похлеще вас. Но вот кого терпеть не могу, так это нахалов! Они меня просто в бешенство приводят.

Она решительно тряхнула головой.

– Интересно, какая вы в бешенстве? – с улыбкой спросил я.

– О, сущий черт! Могу натворить что угодно! Однажды чуть по физиономии не врезала одному типу. И поделом ему!

– Пожалуйста, – взмолился я, – не впадайте в бешенство в моем присутствии.

– Обещаю. Вообще-то вы мне с первого взгляда понравились. Правда, вид у вас был ужасно неприступный, никогда бы не подумала, что мы так славно разговоримся.

– Вот и ошиблись. А теперь расскажите мне немного о себе.

– Чего рассказывать? Я актриса. Нет, совсем не то, что вы думаете. Я с шести лет на арене – кувыркаюсь.

– Прошу прощения, не понял, – сказал я озадаченно.

– Вы что, не видели детей-акробатов?

– Ах, вот оно что!

– Родилась в Америке, но почти все время живу в Англии. Сейчас мы подготовили новое выступление…

– Мы?

– Ну да, мы с сестрой. Песни, танцы, репризы, ну и немного акробатики. Словом, совсем новый жанр, публику бьет наповал. Надеемся, сборы будут…

Доверчиво подавшись ко мне, моя новая знакомая пустилась рассуждать о предмете, в котором я был совершенный профан. Однако неожиданно для самого себя я обнаружил, что девушка вызывает у меня все больший интерес. Меня забавляло в ней необычное сочетание ребячливости и женственности. Вопреки явному желанию казаться этакой опытной, искушенной особой, способной постоять за себя, в ней проглядывало детское простодушие и наивная решимость во что бы то ни стало преуспеть в своем деле.

Тем временем мы миновали Амьен, который слишком живо напоминал мне о недавнем прошлом[1]. Моя спутница каким-то шестым чувством поняла, что творится в моей душе.

– Войну вспоминаете, да?

Я кивнул.

– Участвовали в сражениях?

– Еще как! Был ранен, ну а потом, после Соммы, меня демобилизовали. Теперь я что-то вроде личного секретаря у одного члена парламента.

– Вот это да! Интересно, должно быть?

– Ну, не сказал бы. Делать там решительно нечего. Мои обязанности отнимают у меня не более двух часов в день. Весьма нудная работа. Просто не знаю, что бы я делал, если бы не нашел занятие, которое меня очень увлекает.

– Упаси господи! Неужто вы коллекционируете жуков?

---

[1] Амьен – город на севере Франции на реке Сомма, где во время Первой мировой войны в августе 1918 года англо-французские войска провели крупную наступательную операцию против немецких армий, которая привела к поражению Германии и ее последующей капитуляции.

– Да нет, успокойтесь! Я снимаю квартиру с одним очень интересным человеком. Он бельгиец, бывший детектив. Сейчас в Лондоне занимается частным сыском, непревзойденный специалист в этом деле. Поистине, это самый удивительный человек, какого мне приходилось встречать. Он не раз распутывал такие дела, где полиция оказывалась совершенно бессильна.

Моя хорошенькая спутница слушала, широко раскрыв глаза.

– До чего же интересно, правда? Я просто обожаю преступления. Ни одного детективного фильма не пропускаю, а уж когда случаются убийства, меня не оторвешь от газет.

– Слышали о деле в Стайлзе? – спросил я.

– Постойте, там почтенная старушка, которую отравили? Где-то в Эссексе?

Я кивнул.

– Ну так вот, это первое крупное дело Пуаро. Если бы не он, убийцу ни за что бы не нашли. Да, здесь он показал себя непревзойденным профессионалом.

Сев на любимого конька, я пустился вспоминать подробности этого запутанного дела, не преминув особенно ярко обрисовать его неожиданное и триумфальное завершение. Девушка слушала мой рассказ затаив дыхание. Мы были так поглощены разговором, что не заметили, как поезд прибыл в Кале.

Я подозвал носильщиков, и мы спустились на платформу. Девушка протянула мне руку:

– Прощайте, обещаю следить за своей речью.

– Позвольте хотя бы проводить вас на пароход?

– Нет, мне не на пароход. Подожду еще, может, моя сестра все же объявится. Но все равно спасибо.

– Как, неужели мы никогда больше не увидимся! И вы не скажете мне даже вашего имени? – вскричал я, видя, что девушка уходит.

Она оглянулась и, смеясь, бросила через плечо:

– Сандрильона![1]

Я и не подозревал в ту минуту, при каких обстоятельствах мне снова приведется встретиться с нею.

Глава 2. «Ради всего святого, приезжайте!»

На следующее утро в пять минут десятого я вошел в нашу общую гостиную, где мы обычно завтракали. Мой друг Пуаро, отличавшийся необыкновенной пунктуальностью, как раз разбивал скорлупу второго яйца.

Увидев меня, он просиял.

– Надеюсь, хорошо спали? Пришли в себя от этой ужасной болтанки на море? Удивительно, вы сегодня явились к завтраку почти вовремя. *Pardon,* у вас галстук сбился. Позвольте, я поправлю.

Кажется, я уже где-то описывал наружность Эркюля Пуаро. Начать с того, что он необыкновенно мал ростом – пять футов и четыре дюйма, яйцеобразная голова, обычно немного склоненная набок; глаза, в которых в минуты возбуждения мелькает зеленая искорка; жесткие, воинственно торчащие усы; величавый, исполненный гордого достоинства вид. Одет всегда с иголочки и выглядит весьма элегантно. Невероятный аккуратист. Во всем без исключения. Небрежно завязанный галстук, загнувшийся уголок воротничка или ничтожная пылинка на одежде причиняют ему невыносимые страдания, если только он лишен возможности немедленно и собственноручно навести должный порядок. Порядок и методичность – вот два идола, которым он поклоняется. Он всегда испытывал легкое презрение к вещественным уликам, таким, скажем, как следы или пепел от сигареты, утверждая, что сами по себе они ни в коей мере не могут помочь расследованию. Постукивая по своей яйцеобразной голове, он, бывало, говорил с забавным самодовольством: «Настоящая работа совершается здесь, *внутри,*

[1] Имя героини народной сказки о Золушке в версии французского писателя Ш. Перро (1628–1703).

серыми клеточками. Никогда не забывайте о серых клеточках, *mon ami*[1]».

Я подсел к столу и небрежно заметил в ответ, что назвать «ужасным» короткое, не более часа, морское путешествие из Кале в Дувр[2], пожалуй, было бы с моей стороны сильным преувеличением.

– А что почта, нет ли чего-нибудь занятного? – осведомился я.

Пуаро разочарованно покачал головой.

– Правда, писем я еще не читал, да и то сказать, что может быть интересного в наши дни? Великие преступления, разгадка которых требует безупречно организованной работы ума, где они?

И он поник головой с таким унылым видом, что я невольно расхохотался.

– Не падайте духом, Пуаро, удача еще улыбнется вам. Прочтите письма – как знать, вдруг какое-нибудь занятное дело замаячит на горизонте?

Пуаро улыбнулся и, взяв маленький изящный нож для разрезания бумаг, которым неизменно пользовался, вскрыл несколько конвертов, лежавших подле его тарелки.

– Счет. Еще один. Кажется, к старости я становлюсь мотом. А! Послание от Джеппа.

– Да? – Я навострил уши.

Инспектор Джепп из Скотленд-Ярда уже не раз подкидывал нам интересные дела.

– Всего лишь благодарность (в его обычной манере) за то, что я немного помог ему в деле Эберистуайта – указал верное направление расследования. Рад, что мог быть полезен ему.

Пуаро неторопливо продолжал просматривать корреспонденцию.

– Предлагают прочесть лекцию местным бойскаутам[3]. Графиня Форфэнок будет весьма признательна, если я навещу ее,

---

[1] Мой друг (фр.).

[2] Дувр – город и порт в Великобритании в графстве Кент у пролива Па-де-Кале, ближайший к европейскому берегу.

предварительно позвонив по телефону. Наверняка опять болонка пропала! Так, а вот и последнее. Ого!..

Я вскинул глаза, сразу уловив перемену в его голосе. Пуаро внимательно вчитывался в письмо. Минуту спустя он протянул листок мне.

– Что-то не совсем обычное, *mon ami.* Прочтите сами.

Письмо было написано на бумаге иностранного образца отчетливым, характерным почерком:

Вилла «Женевьева»,
Мерлинвиль-сюр-Мер,
Франция

Дорогой сэр, крайне нуждаясь в помощи детектива, я по причинам, которые объясню вам позже, не желаю прибегать к услугам полиции. Будучи много наслышан о ваших недюжинных способностях и крайней осмотрительности, уверен, что могу положиться на вашу сдержанность. Не решаясь доверить все обстоятельства моего дела бумаге, могу сообщить лишь, что некие секретные сведения, которыми я располагаю, заставляют меня ежечасно опасаться за свою жизнь. Убежден, что неминуемая беда нависла надо мною, и потому умоляю вас не медлить. В Кале вас будет ждать автомобиль, прошу только телеграфировать время прибытия. Буду чрезвычайно обязан, если вы сможете оставить дела, которыми сейчас занимаетесь, и целиком посвятить себя моим интересам. Готов выплатить вам необходимую компенсацию. Вероятно, я буду нуждаться в вашей помощи довольно длительное время, ибо может случиться, что вам придется поехать в Сантьяго, где я в свое время провел несколько лет. Предоставляю вам

---

[3] Организация детей и юношества (с 8 до 20 лет), возникшая в Англии в 1908 году и проповедующая христианские моральные ценности, здоровый образ жизни, патриотизм, физическое развитие.

самому назвать сумму вознаграждения, с которой я заранее согласен.

Еще раз заверяю вас, что дело не терпит отлагательств.

С совершенным почтением

П.Т. Рено.

Внизу, под подписью, видно наспех, нацарапали приписку, которую с трудом можно было разобрать: *«Ради всего святого, приезжайте!»*

Я вернул письмо Пуаро, чувствуя, как сердце забилось у меня в груди.

– Ну, наконец-то! – воскликнул я. – Безусловно, это что-то из ряда вон выходящее.

– Возможно, – сказал Пуаро в раздумье.

– Вы, конечно, поедете, – продолжал я.

Пуаро кивнул. Он сидел, целиком уйдя в свои мысли, потом, видно приняв решение, бросил взгляд на часы. Лицо его было чрезвычайно серьезно.

– Итак, мой друг, не будем терять времени. Впрочем, экспресс «Континенталь» отправляется от вокзала Виктория[1] в одиннадцать часов, так что можно не волноваться. Минут десять мы еще можем поговорить. Вы ведь поедете со мной, *n'est-ce pas?*[2]

– Да, но…

– Вы же говорили, что в ближайшие полмесяца не понадобитесь вашему шефу.

– Да, верно. Но этот мосье Рено ясно дал понять, что его дело чрезвычайно конфиденциально.

– Не тревожьтесь. С мосье Рено я все улажу. Кстати, это имя мне как будто знакомо.

---

[1] Вокзал Виктория – крупный лондонский вокзал, откуда отправляются поезда к портам на южном побережье Англии.

[2] Не так ли? (фр.)

– Есть, например, известный южноамериканский миллионер Рено. Может быть, это он и есть?

– Без сомнения. Тогда понятно, почему он упоминает Сантьяго. Сантьяго – в Чили, а Чили – в Южной Америке! О! Вот мы все и выяснили! А вы обратили внимание на постскриптум? Вам он не показался странным?

Я задумался.

– Видимо, когда мосье Рено писал письмо, он еще владел собою, а последние четыре слова черкнул в порыве отчаяния.

В ответ Пуаро решительно покачал головой.

– Ошибаетесь, мой друг. Разве вы не видите, что письмо написано яркими, черными чернилами, а постскриптум – совсем бледными?

– Ну и что же? – спросил я озадаченно.

– *Mon Dieu*[1], *mon ami,* напрягите же свои серые клеточки! Разве не понятно? Мосье Рено написал письмо. Не промокнув чернила, он внимательно перечитал его. Потом, отнюдь не в порыве отчаяния, а совершенно обдуманно он приписал эти последние слова и только тут промокнул письмо.

– Зачем?

– *Parbleu!* Да чтобы они произвели на меня такое же сильное впечатление, как на вас.

– Вот как?

– *Mais oui*[2]. Он хочет заручиться моим согласием. Он перечел письмо и остался недоволен. Решил, что получилось недостаточно убедительно.

Пуаро помолчал, потом вкрадчиво заговорил, и глаза его сверкнули зеленым огнем, который неизменно указывал, что мой друг охвачен азартом:

– Итак, *mon ami,* именно потому, что постскриптум сделан не в порыве отчаяния, а спокойно и хладнокровно, мосье Рено крайне

---

[1] Бог мой! (фр.)
[2] Ну конечно же (фр.).

необходимо мое присутствие и мы должны отправиться в путь немедленно.

– Мерлинвиль, – пробормотал я задумчиво. – Сдается мне, я что-то слышал о нем.

Пуаро кивнул.

– Да, это небольшой, но модный курорт где-то между Булонью[1] и Кале. Вероятно, у мосье Рено есть дом в Англии?

– Да, помнится, в Ратленд-Гейте. И большое поместье где-то в Хартфордшире[2]. Но вообще-то я мало что знаю о нем, он ведь не общественный деятель. Думаю, что он ворочает в Сити[3] крупными делами, связанными с Южной Америкой, и что бывает в Чили и Аргентине.

– Ну да ладно, все это мы сможем узнать у него самого. Что ж, давайте собираться в дорогу – упакуем самое необходимое и закажем такси до вокзала Виктория.

В одиннадцать часов мы уже отбыли в Дувр. Перед отходом поезда Пуаро отправил мосье Рено телеграмму, в которой уведомлял о времени нашего прибытия в Кале.

На пароходе я счел за лучшее не нарушать уединение моего друга. Погода стояла великолепная, и море было спокойное, точно пресловутая тихая заводь, поэтому, когда мы сходили с парохода в Кале, я ничуть не удивился, увидев улыбку на лице Пуаро. Однако тут нас ждало разочарование – нас не встречали, и обещанного автомобиля не было, правда, Пуаро предположил, что телеграмму просто еще не успели получить.

– Ничего, наймем автомобиль, – бодро заявил он.

Не прошло и нескольких минут, как мы уже тряслись в самой старой и дребезжащей колымаге, какую только можно себе вообразить, по направлению к Мерлинвилю.

---

[1] Булонь – город и порт на западе Франции у пролива Па-де-Кале.

[2] Хартфордшир – графство в Англии недалеко от Лондона.

[3] Сити – самоуправляющийся административный район в восточной части Лондона, один из крупнейших финансовых и коммерческих центров мира.

Я чувствовал необычайный подъем, между тем как Пуаро поглядывал на меня довольно сурово.

– Ваша веселость не к добру, Гастингс. «Фей»[1], как говорят шотландцы.

– Какая чепуха! Вы, стало быть, не разделяете мои чувства?

– Нисколько. Напротив, я испытываю страх.

– Страх?

– Да. У меня дурные предчувствия. Боюсь, *je ne sais quoi*[2].

Пуаро так мрачно изрек это, что я невольно поддался его настроению.

– У меня такое ощущение, – медленно проговорил он, – что нам предстоит серьезное дело, запутанное и опасное. Во всяком случае, разобраться будет нелегко.

Я хотел было порасспросить его, но тут мы как раз въехали в Мерлинвиль, который и впрямь оказался небольшим курортным городишком, и притормозили, чтобы разузнать дорогу к вилле «Женевьева».

– Все время прямо, мосье, через весь город. Вилла «Женевьева» примерно в полумиле от него. Вы ее сразу увидите. Большая вилла, смотрит на море.

Поблагодарив прохожего, мы пустились в путь, и вот город уже позади. У развилки нам снова пришлось остановиться. По дороге плелся крестьянин, и мы стали ждать, пока он приблизится, чтобы узнать, куда нам свернуть. У самой дороги, правда, стояла небольшая вилла, но она была столь ветха и неказиста, что ее никак нельзя было принять за виллу «Женевьева». Пока мы ждали, калитка маленькой виллы отворилась, и на дорогу вышла девушка.

Тем временем крестьянин поравнялся с нами, и шофер высунулся в окошко, чтобы расспросить его.

– Вилла «Женевьева»? Направо, мосье, тут рукой подать. Да вы сразу увидите ее за поворотом.

---

[1] Предвещающий несчастье (шотл.).
[2] Сам не знаю чего (фр.).

Шофер поблагодарил его, и мы двинулись дальше. А я не мог глаз оторвать от девушки. Она стояла, держась рукой за калитку, и смотрела нам вслед. Девушка была так хороша, что ее всякий бы заметил, не говоря уж обо мне, искреннем поклоннике женской красоты. Очень высокая, сложена, как юная богиня, непокрытая золотистая головка сверкает в солнечных лучах – готов поклясться, это было самое прелестное создание, какое мне доводилось видеть в своей жизни. Я чуть не свернул шею, оглядываясь на нее, пока наша колымага тряслась по ухабистой дороге.

– Боже мой, Пуаро! – вскричал я. – Вы видели эту юную богиню?

Пуаро поднял брови.

– *Ça commence!*[1] – пробормотал он. – Вы уже успели высмотреть богиню!

– Но, черт возьми, разве она не богиня?

– Не знаю, не заметил.

– Но вы же ее видели!

– *Mon ami,* редко случается, когда два разных человека видят одно и то же. Вы, например, увидели богиню, а я… – Он помедлил.

– Что?

– А я увидел девушку с тревожным взглядом, – мрачно закончил Пуаро.

Тут как раз мы подъехали к высоким зеленым воротам и оба издали возглас удивления: полицейский весьма внушительного вида поднял руку, преградив нам путь:

– Сюда нельзя, мосье.

– Нам необходимо видеть мосье Рено! – вскричал я. – Он ждет нас. Это ведь его вилла, да?

– Да, но…

Пуаро подался вперед.

– Но что?

– Мосье Рено убит сегодня утром.

---

[1] Ну начинается! (фр.)

Глава 3. Вилла «Женевьева»

Я и глазом не успел моргнуть, как Пуаро уже выскочил из автомобиля. Глаза его возбужденно сверкали.

– Что? Вы говорите, убит? Когда? Каким образом?

Полицейский важно выпрямился.

– На вопросы отвечать не положено, мосье.

– Понятно. – Пуаро на минуту задумался. – Комиссар полиции, я полагаю, здесь?

– Да, мосье.

Пуаро, достав свою визитную карточку, набросал на ней несколько слов.

– *Voilà!*[1] Пожалуйста, немедленно передайте это комиссару.

Полицейский взял карточку и, обернувшись назад, свистнул. Тут же подошел еще один полицейский, которому и была вручена записка. Через несколько минут плотный коротышка с огромными усами торопливо вышел из ворот. Полицейский, взяв под козырек, отошел в сторону.

– Мой дорогой мосье Пуаро! – вскричал незнакомец. – Счастлив видеть вас. Вы как нельзя более кстати.

Пуаро просиял.

– Мосье Бекс! Как я рад! Это мой друг капитан Гастингс, англичанин, – представил он меня. – А это мосье Люсьен Бекс.

Мы церемонно раскланялись, и мосье Бекс снова обратился к Пуаро:

– *Mon vieux*[2], ведь мы виделись в последний раз в девятьсот девятом, в Остенде[3]. Вам что-нибудь известно о мосье Рено?

---

[1] Вот! (фр.)

[2] Старина (фр.).

[3] Остенде – морской курорт на северо-западе Бельгии.

– Думаю, не смогу сообщить вам ничего полезного. Вы знаете, что меня сюда вызвали?

– Нет. Кто вас вызвал?

– Мосье Рено. Видимо, он догадывался, что кто-то покушается на его жизнь. К несчастью, он обратился ко мне слишком поздно.

– *Sacre tonnerre*[1], – воскликнул Бекс. – Значит, он знал, что его хотят убить! Это совершенно меняет дело! Однако давайте войдем в дом.

Он распахнул ворота, и мы направились к дому. Мосье Бекс продолжал:

– Надо немедленно сообщить об этом следователю мосье Отэ. Он только что закончил осмотр места преступления и приступает к опросу свидетелей.

– Когда было совершено преступление? – спросил Пуаро.

– Тело нашли сегодня утром около девяти часов. Из слов мадам Рено и медицинского заключения следует, что смерть наступила, вероятно, около двух часов ночи. Прошу вас, входите.

Мы поднялись по ступеням, ведущим к парадной двери. В холле сидел еще один полицейский. Увидев комиссара, он встал.

– Где мосье Отэ? – спросил его Бекс.

– В гостиной, мосье.

Мосье Бекс отворил левую дверь, и мы вошли. Мосье Отэ и его помощник сидели, склонившись у большого круглого стола. Когда мы вошли, они подняли головы и взглянули на нас. Комиссар представил нас и объяснил, как мы здесь оказались.

Следователь мосье Отэ был высок, сухопар, с пронзительным взглядом темных глаз и аккуратно подстриженной седой бородкой, которую имел обыкновение слегка поглаживать во время беседы. У камина стоял пожилой, немного сутулый человек, которого нам представили как доктора Дюрана.

---

[1] Черт побери! (фр.)

– Поразительно, – сказал мосье Отэ, выслушав рассказ комиссара. – Письмо у вас с собой, мосье?

Пуаро протянул ему письмо, и следователь погрузился в чтение.

– Хм! Он пишет о какой-то тайне. Досадно, что он ничего не объяснил. Мы весьма обязаны вам, мосье Пуаро. Надеюсь, вы окажете нам честь и поможете расследовать это дело, если, конечно, у вас нет более неотложных дел в Лондоне.

– Я намерен остаться здесь, господин следователь. К несчастью, я прибыл слишком поздно и не смог предотвратить смерть мосье Рено, однако почитаю своим долгом найти убийцу.

В ответ следователь поклонился.

– Это делает вам честь, мосье Пуаро. Мадам Рено, без сомнения, также пожелает воспользоваться вашими услугами. С минуты на минуту должен прибыть мосье Жиро из парижской Сюртэ[1]. Уверен, вы окажетесь полезны друг другу в этом расследовании. А пока, надеюсь, вы не откажетесь присутствовать при допросе свидетелей. Само собой, если вам потребуется какая-либо помощь, вы ее немедленно получите.

– Благодарю, мосье. Вы ведь понимаете, что я пока в полном неведении. Мне абсолютно ничего не известно.

Мосье Отэ подал знак комиссару, и тот начал рассказ:

– Сегодня утром Франсуаза, старая служанка, спустившись в холл, чтобы заняться своей обычной работой, увидела, что парадная дверь приоткрыта. Она всполошилась – может, в доме побывали воры? – и бросилась в столовую. Убедившись, что серебро на месте, она успокоилась, решила, что хозяин, наверное, встал пораньше и вышел прогуляться.

– Прошу прощения, мосье, у него была такая привычка?

– Нет, но старуха Франсуаза, да и многие другие тоже, считает, что англичане все ненормальные и от них можно ожидать чего угодно. Горничная Леони, молодая девушка, войдя, как всегда, к своей госпоже, чтобы разбудить ее, в ужасе обнаружила, что мадам Рено связана и во рту у нее кляп. Почти в ту же минуту пришли с

[1] Сюртэ – традиционное название французской уголовной полиции.

сообщением, что найдено уже остывшее тело мосье Рено, убитого ударом ножа в спину.

– Где?

– Где! Вот тут мы и сталкиваемся с самым загадочным обстоятельством этого дела. Мосье Рено лежал ничком возле вырытой могилы.

– Что?

– Да, возле свежевырытой могилы, в нескольких ярдах от живой изгороди, окружающей виллу.

– И он был мертв… Когда же наступила смерть?

На этот вопрос ответил доктор Дюран:

– Я осмотрел тело сегодня утром, в десять часов. Смерть наступила, должно быть, не менее чем семь, а то и десять часов назад.

– Гм! Значит, между полуночью и тремя часами ночи.

– Совершенно верно. Судя по словам мадам Рено, это случилось после двух часов ночи, что еще более суживает временной интервал. Смерть, должно быть, была мгновенной. Версия самоубийства, естественно, отпадает.

Пуаро кивнул, и комиссар снова заговорил:

– Насмерть перепуганные служанки развязали мадам Рено. Она была ужасно слаба, почти без сознания от боли, которую причинили ей веревки. Как выяснилось, двое незнакомцев в масках ворвались в спальню, засунули ей в рот кляп и связали, а мосье Рено силой куда-то увели. Все это нам с ее слов передали слуги. Узнав о смерти мужа, мадам Рено испытала сильнейшее нервное потрясение. Доктор Дюран, прибыв на место происшествия, сразу дал ей успокоительное, и мы были лишены возможности допросить ее. Будем надеяться, что сон подкрепит ее, она придет в себя и сможет вынести такое тяжкое испытание, как допрос.

Комиссар помолчал.

– Кто еще живет в доме?

– Старуха Франсуаза, экономка, она служила здесь еще у прежних владельцев виллы «Женевьева». Затем две молодые девушки – сестры

Дениз и Леони Улар. Родители их, весьма почтенные люди, живут в Мерлинвиле, у них там дом. Кроме того, есть еще шофер, которого мосье Рено привез из Англии, но он сейчас в отпуске. Ну, и, наконец, сама мадам Рено и ее сын, мосье Жак Рено. Он в отъезде.

Пуаро наклонил голову. Мосье Отэ громко позвал:

– Маршо!

Появился полицейский.

– Позовите сюда Франсуазу.

Полицейский взял под козырек и удалился, но тут же вернулся в сопровождении испуганной Франсуазы.

– Ваше имя Франсуаза Аррише?

– Да, мосье.

– Давно ли вы служите на вилле «Женевьева»?

– Одиннадцать лет, сначала у мадам виконтессы[1], а потом, когда она этой весной продала виллу, я согласилась остаться здесь и служу теперь господину английскому милорду. Кто бы мог подумать…

Следователь перебил ее:

– Конечно, конечно. А теперь, Франсуаза, скажите мне, кто обычно запирает на ночь парадную дверь?

– Я, мосье. Всегда сама проверяю.

– И вчера вечером тоже?

– Да, я заперла ее, как обычно.

– Вы уверены?

– Клянусь всеми святыми, мосье.

– В котором часу это было?

– Как всегда, мосье, в половине одиннадцатого.

– А где были все остальные в это время? Они что, уже легли спать?

– Мадам уже ушла к себе, Дениз и Леони поднялись наверх со мною вместе, а мосье все еще сидел у себя в кабинете.

---

[1] Виконт – дворянский титул в некоторых странах Западной Европы, в частности во Франции, средний между бароном и графом.

– Значит, если кто-нибудь и мог отпереть дверь, так только сам мосье Рено?

Франсуаза пожала своими широкими плечами.

– Да разве стал бы он отпирать ее? Ведь, того и гляди, влезут воры или убийцы! Хорошенькое дело! Мосье не сумасшедший, чтобы отпирать дверь. Вот разве что когда он провожал даму...

– Даму? Какую даму? – нетерпеливо перебил ее следователь.

– Ну как какую? Даму, которая к нему приходила.

– Значит, у него вчера была дама?

– Ну да, мосье, и не только вчера, она часто приходила.

– Кто она? Вы ее знаете?

Франсуаза бросила на него хитрый взгляд.

– Откуда мне знать? – буркнула она. – Ведь не я ее вчера впускала.

– Ах так! – рявкнул следователь и стукнул кулаком по столу. – Шутить с полицией вздумали, да? Сию минуту назовите мне имя женщины, которая приходила к мосье Рено по вечерам!

– Полиция... полиция, – проворчала Франсуаза. – Вот уж не думала, что придется иметь дело с полицией. Да ладно, знаю я, кто она. Это мадам Добрэй.

Комиссар ахнул от неожиданности и даже подался вперед, всем своим видом выражая крайнее изумление.

– Мадам Добрэй? Вилла «Маргерит», что тут рядом?

– А я что говорю. Очень даже приятная дамочка.

Старуха презрительно вскинула голову.

– Мадам Добрэй, – бормотал комиссар. – Просто немыслимо!

– *Voilà,* – проворчала Франсуаза. – Вот и говори вам после этого правду.

– Да нет, что вы, – поспешил ее успокоить следователь. – Нас просто удивило ваше сообщение, вот и все. Мадам Добрэй и мосье Рено, они что же, э-э?.. – Тут он деликатно замялся. – А? Наверное, так и было?

– Откуда мне знать? Впрочем, что ж тут удивительного? Мосье ведь был *milord anglais – très riche*[1], а мадам Добрэй, она еле концы с концами сводила, но *très chie*[2], хотя они с дочерью живут очень скромно. Но меня не проведешь, это женщина с прошлым! Теперь она, правда, уже в летах, но, *ma foi*[3], еще хоть куда! Сама не раз видела, как мужчины на нее заглядываются. А в последнее время она – все в городе это заметили – в расходах не стесняется, видно, денежки-то завелись. А ведь было время, каждую копейку считали.

Франсуаза тряхнула головой с видом совершенной уверенности в своей правоте.

Мосье Отэ в задумчивости поглаживал бородку.

– А мадам Рено, – заговорил он наконец, – как она относилась к этой… дружбе?

Франсуаза пожала плечами.

– Она ведь всегда уж такая вежливая, такая обходительная… Говорят, она ничего и не подозревает. И все-таки сердце-то, оно ведь все чувствует, как вы думаете, мосье? День ото дня мадам все худеет да бледнеет у меня на глазах. Теперь уж она совсем не та, что месяц назад, когда они приехали сюда. Мосье тоже очень изменился. Точно его что-то мучило. И нервный стал – вот-вот сорвется. А чему тут удивляться – такие странные отношения… Ни выдержки, ни благоразумия. Одно слово – *style anglais!*[4]

Я от возмущения аж подпрыгнул на стуле, но следователь как ни в чем не бывало продолжал допрос, не удостоив внимания выпад Франсуазы.

– Так вы говорите, мосье Рено сам проводил мадам Добрэй? Значит, она ушла?

– Да, мосье. Я слышала, как они вышли из кабинета и подошли к парадной двери. Мосье пожелал ей доброй ночи и запер дверь.

– В котором часу это было?

---

[1] Английский милорд – очень богатый (фр.).
[2] Очень шикарная (фр.).
[3] Ей-ей (фр.).
[4] Английские манеры! (фр.)

– Минут двадцать пять одиннадцатого, мосье.

– А когда мосье Рено пошел спать, вы не знаете?

– Минут через десять после нас. Эта лестница такая скрипучая, всегда слышно, когда кто-нибудь поднимается или спускается.

– Что же было потом? Ночью вы ничего не слышали?

– Совсем ничего, мосье.

– Кто из прислуги раньше всех спустился вниз утром?

– Я, мосье. И сразу увидела распахнутую дверь.

– А окна, они все были закрыты?

– Да, мосье. Все было в порядке, ничего подозрительного.

– Хорошо, Франсуаза, можете идти.

Старуха зашаркала к дверям. На пороге она обернулась.

– Скажу вам одну вещь, мосье. Эта мадам Добрэй скверная женщина! Да-да, мы, женщины, лучше знаем друг друга. Это недостойная особа, попомните мои слова.

Покачивая головой с важным видом, Франсуаза удалилась.

– Леони Улар, – вызвал следователь.

Леони появилась на пороге, заливаясь слезами, чуть ли не в истерике. Но мосье Отэ оказался на высоте и весьма ловко справился с рыдающей девицей. Она только и твердила о том, как увидела связанную мадам с кляпом во рту, но зато уж живописала эту сцену с истинным драматизмом. Ночью же она, как и Франсуаза, ничего не слышала.

Потом пришла очередь ее сестры Дениз, которая подтвердила, что хозяин, мосье Рено, разительно изменился в последнее время.

– С каждым днем он становился все угрюмее, потерял аппетит. Всегда был в дурном настроении.

У Дениз была своя версия преступления:

– Тут и думать нечего, с ним расправилась мафия! Эти двое в масках, кто они, как вы думаете? Ужас что творится в мире!

– Возможно, вы и правы, – невозмутимо заметил следователь. – А теперь скажите мне, милочка, это вы вчера открывали дверь мадам Добрэй?

– Не вчера, мосье, а позавчера.

– А как же Франсуаза сказала, что мадам Добрэй была здесь вчера?

– Нет, мосье. Действительно, вчера мосье Рено посетила дама, но это была вовсе не мадам Добрэй.

Удивленный следователь выспрашивал и так и этак, но Дениз твердо стояла на своем. Она прекрасно знает мадам Добрэй. Та дама, что приходила вчера, правда, тоже брюнетка, но ниже ростом и гораздо моложе. Переубедить девушку было невозможно.

– Вам раньше приходилось видеть эту даму?

– Нет, мосье, – сказала она и добавила неуверенно: – И еще, мне кажется, она англичанка.

– Англичанка?

– Да, мосье. Она спросила мосье Рено на очень хорошем французском, но акцент... пусть самый легкий, всегда выдает иностранцев. К тому же, когда они выходили из кабинета, они говорили по-английски.

– И вы слышали, о чем они говорили? Я хочу сказать, вы поняли что-нибудь?

– О, я хорошо говорю по-английски, – с гордостью ответила Дениз. – Правда, эта дама говорила слишком быстро, и я не ухватила смысла, но последние слова мосье Рено, которые он сказал, открывая дверь, я поняла.

Девушка помолчала, потом старательно, с трудом выговаривая слова, произнесла по-английски:

– Да-а... да-а... но, рати боога, идите сечас!

– Да, да, но, ради бога, сейчас уходите! – повторил следователь.

Он отпустил Дениз и, поразмыслив немного, снова вызвал Франсуазу. Он спросил ее, не могла ли она ошибиться, точно ли мадам Добрэй приходила вчера. И тут Франсуаза выказала удивительное упрямство. Вот именно что мадам Добрэй была здесь вчера. И сомневаться тут нечего, конечно, это была она. А Дениз просто-напросто выставляется тут перед вами, *voilà tout!* [1] И про иностранную даму она все сама сочинила. Хочет показать, что тоже не лыком шита – английский знает! Наверное, мосье и вообще ничего не говорил по-английски, а если и говорил, это ничего не доказывает, ведь мадам Добрэй отлично болтает по-английски, а с мосье и мадам Рено она только по-английски и разговаривает.

– А мосье Жак, сын мосье Рено, – он здесь часто бывает – так он вообще еле-еле говорит по-французски.

Следователь не стал спорить с Франсуазой, он только поинтересовался шофером и узнал, что как раз вчера мосье Рено отпустил Мастерса. Вероятно, ему не понадобится автомобиль, сказал мосье, и шофер может взять отпуск.

Тут я заметил, что Пуаро недоуменно нахмурился – лоб его над переносицей прорезала глубокая морщина.

– В чем дело? – прошептал я.

Он нетерпеливо тряхнул головой.

– Прошу прощения, мосье Бекс, надо полагать, мосье Рено и сам умел водить автомобиль?

Комиссар вопросительно посмотрел на Франсуазу, и она тотчас без колебаний ответила:

– Нет, сам мосье не водил автомобиль.

Пуаро еще больше нахмурился.

– Объясните же мне, что вас так тревожит, – нетерпеливо попросил я.

– Как вы не понимаете? Ведь в письме мосье Рено предлагал выслать автомобиль за мной в Кале.

– Может быть, он хотел нанять автомобиль, – предположил я.

– Возможно. Однако зачем нанимать, если у него есть собственный? И почему именно вчера он отправил шофера в отпуск,

[1] Вот так! (фр.)

так неожиданно и поспешно? Может быть, он по какой-то причине нарочно хотел услать его отсюда до нашего приезда?

Глава 4. Письмо, подписанное «Белла»

Франсуаза вышла из комнаты. Следователь задумчиво барабанил пальцами по столу.

– Итак, мосье Бекс, – заговорил он наконец, – у нас имеются два взаимоисключающих показания. Кому мы должны больше верить – Франсуазе или Дениз?

– Дениз, – решительно заявил комиссар. – Ведь именно она впустила незнакомку. Франсуаза стара и упряма, к тому же явно питает неприязнь к мадам Добрэй. И кроме того, ведь мы с вами знаем, что у Рено была связь с другой женщиной.

– *Tiens!*[1] – спохватился мосье Отэ. – Ведь мы совсем забыли сообщить мосье Пуаро вот об этом.

Он принялся рыться в бумагах на столе, нашел среди них письмо и протянул моему другу.

– Это письмо, мосье Пуаро, мы обнаружили в кармане плаща убитого.

Пуаро развернул письмо. Оно было написано по-английски, странным, неустоявшимся почерком, бумага местами затерлась и смялась.

«Мой бесценный!

Отчего ты так долго не пишешь мне? Ведь ты все еще любишь меня, как прежде, да? Твои письма в последнее время стали совсем другие – холодные и чужие, а потом это долгое молчание. Ты меня пугаешь. Вдруг ты разлюбил меня! Нет, это невозможно, я просто глупая девчонка, вечно придумываю бог весть что! Но если ты и правда разлюбил меня, я не знаю, что сделаю – убью себя, наверное! Не могу жить без тебя! Порой мне кажется, что у тебя другая женщина. Если так, пусть она не попадается мне на глаза... и ты

[1] Ах да (фр.).

тоже! Я скорее убью тебя, но не дам ей завладеть тобой! Я так решила!

Но что это, какой романтический бред я несу! Ты любишь меня, и я люблю тебя – да, люблю, люблю, люблю!

Обожающая тебя Белла».

Ни адреса, ни даты в письме не было. Пуаро с мрачным видом вернул его комиссару.

– И вы полагаете, что?..

Следователь только пожал плечами.

– Вероятно, мосье Рено попал в сети к этой англичанке, Белле. Потом он приезжает сюда, встречает мадам Добрэй и затевает с ней интрижку. Он остывает к прежней возлюбленной, и она начинает что-то подозревать. В ее письме содержатся недвусмысленные угрозы. На первый взгляд дело кажется даже слишком простым. Ревность! Ведь мосье Рено убит ударом в спину, а это явно свидетельствует о том, что преступление совершила женщина, так ведь, мосье Пуаро?

Пуаро кивнул.

– Удар в спину – да… но вот могила! Это же такая тяжелая работа. Женщине просто не под силу, мосье. Тут поработал мужчина.

– Да, да, вы совершенно правы. Как мы не подумали об этом! – пылко согласился комиссар.

– Вот я и говорю, – продолжал мосье Отэ, – на первый взгляд дело совсем простое, но… эти двое в масках, письмо, которое вы получили от мосье Рено, – все это никак не укладывается в единую схему. Тут мы имеем дело с рядом обстоятельств, не имеющих никакой связи с известными нам фактами. Ну а письмо, посланное вам, мосье Пуаро… Допускаете вы, что оно как-то соотносится с этой самой Беллой и ее угрозами?

Пуаро покачал головой.

– Едва ли. Такой человек, как мосье Рено, который вел жизнь, полную приключений и опасностей, да не где-нибудь, а в Южной Америке, неужели он стал бы просить защитить его от женщины?

Следователь с готовностью закивал головой.

– Совершенно с вами согласен. Стало быть, объяснение этому письму нам следует искать…

– В Сантьяго, – закончил фразу комиссар. – Я немедленно телеграфирую в полицию Сантьяго и запрошу все данные, так или иначе касающиеся мосье Рено: его любовные связи, деловые операции, друзья, враги, словом, все до мелочей. Думаю, это даст нам ключ к загадочному убийству.

И комиссар оглядел нас, ища одобрения и поддержки.

– Великолепно! – с чувством воскликнул Пуаро. – Скажите, а нет ли других писем от этой самой Беллы среди вещей мосье Рено?

– Нет. Разумеется, первое, что мы сделали, – просмотрели документы в его кабинете, но ничего интересного не нашли. Видимо, он самым тщательным образом привел все в порядок. Единственное, что наводит на размышление, так это его странное завещание. Вот оно.

Пуаро пробежал документ глазами.

– Так. Тысячу фунтов наследует некий мистер Стонор. Кто он, кстати?

– Это секретарь мосье Рено. Он живет в Англии, но раза два приезжал сюда.

– Все остальное без всяких оговорок наследует его любимая жена Элоиза. Составлено довольно небрежно, но оформлено по всем правилам. Засвидетельствовано двумя служанками – Дениз и Франсуазой. Так всегда делают.

Пуаро отдал завещание мосье Отэ.

– Может быть, – начал Бекс, – вы не обратили внимания…

– На дату? – спросил Пуаро, и глаза его озорно сверкнули. – Ну конечно же, обратил. Две недели назад. Возможно, именно тогда он впервые почувствовал, какая опасность ему грозит. Довольно часто состоятельные люди умирают, не оставив завещания, ибо не думают о том, что смерть может подстерегать их на каждом шагу. Однако делать преждевременные выводы – весьма опасно. Во всяком случае, из завещания мосье Рено следует, что он питал искреннюю любовь и расположение к своей жене. Несмотря на любовные интрижки.

– Так-то оно так, – произнес мосье Отэ с сомнением в голосе, – но с сыном мосье Рено, похоже, обошелся несправедливо, ведь он поставил его в полную зависимость от матери. Если она снова выйдет замуж и ее муж будет иметь власть над нею, парень может не получить ни гроша из отцовских денег.

– Людям вообще свойствен эгоцентризм. Мосье Рено, вероятно, вообразил, что его вдова уже никогда больше не выйдет замуж. Ну а что касается сына, возможно, это весьма разумная предосторожность – оставить деньги в руках матери. Сынки богачей – известные повесы.

– Может быть, вы и правы. А теперь, мосье Пуаро, вы, конечно, хотели бы осмотреть место преступления. К сожалению, тело убрали, но, разумеется, были сделаны фотографии в разных ракурсах. Вам их принесут, как только они будут готовы.

– Благодарю, мосье, вы очень любезны.

Комиссар поднялся из-за стола:

– Прошу вас следовать за мной, господа. – Он отворил дверь и отвесил церемонный поклон Пуаро, пропуская его вперед.

Пуаро со свойственной ему галантностью отступил назад и поклонился комиссару.

– Прошу вас, мосье.

– Только после вас, мосье.

Наконец им обоим все-таки удалось протолкнуться в холл.

– А там, очевидно, его кабинет, *hein?*[1] – спросил вдруг Пуаро, кивнув на одну из дверей.

– Да. Хотите осмотреть?

Комиссар отворил дверь. Мы вошли.

Комната, которую мосье Рено выбрал для себя, хоть и небольшая, была меблирована с большим вкусом и очень уютна. У окна письменный стол с многочисленными ящичками и отделениями для

[1] Не так ли? (фр.)

бумаг, камин, перед ним глубокие кожаные кресла и круглый стол с книгами и свежими журналами.

Пуаро помедлил минуту, рассматривая комнату, потом подошел к креслам, провел рукой по спинкам, взял журнал со стола, осторожно провел пальцем по полке дубового буфета. Лицо его выразило совершенное удовлетворение.

– Что, пыли нет? – спросил я лукаво.

Он улыбнулся мне в ответ, оценив мое знание его маленьких слабостей.

– Ни пылинки, *mon ami!* А жаль, на этот раз – жаль!

Его острый ястребиный взгляд мигом облетел комнату.

– А! – произнес он вдруг со вздохом облегчения. – Коврик перед камином завернулся! – С этими словами Пуаро нагнулся, чтобы расправить его.

Внезапно у него вырвалось удивленное восклицание, и он быстро выпрямился. В руке у него был маленький обрывок розовой бумаги.

– Что во Франции, что в Англии, – сказал он, – везде одно и то же – прислуга ленится выметать из-под ковров.

Бекс взял у него из рук бумажку, а я подошел поближе, чтобы рассмотреть ее.

– Догадываетесь, Гастингс, что это, а?

Я озадаченно помотал головой, но характерный розовый цвет бумаги что-то мне напоминал.

Оказалось, комиссар соображает быстрее меня.

– Обрывок чека! – вскричал он.

На клочке размером около двух квадратных дюймов чернилами было написано «Дьювин».

– *Bien!*[1] – сказал Бекс. – Этот чек был выписан на имя некоего Дьювина или же подписан им.

– Скорее первое, мне кажется, – сказал Пуаро. – Ибо, если я не ошибаюсь, это почерк мосье Рено.

---

[1] Так! (фр.)

Догадка Пуаро подтвердилась, когда мы сравнили его с завещанием, лежащим на столе.

– Боже мой, – удрученно пробормотал комиссар, – не могу понять, как я проглядел этот чек!

Пуаро засмеялся.

– Отсюда мораль – всегда заглядывай под коврики! Мой друг Гастингс может подтвердить: малейший непорядок в чем бы то ни было – для меня сущая пытка. Когда я увидел загнувшийся край коврика, я сказал себе: «*Tiens!*[1] Сбился, когда отодвинули кресло». А что, если наша добрая Франсуаза недоглядела, подумал я, и там что-нибудь да найдется.

– Франсуаза?

– Ну или Дениз, Леони, все равно, тот, кто убирал комнату. Судя по тому, что пыли нет, убирали явно сегодня. Эти наблюдения позволяют представить себе, что здесь произошло. Вчера – вероятно, вечером – мосье Рено выписывает чек на имя некоего Дьювина. Потом чек рвут и клочки бросают на пол, а сегодня утром…

Не успел Пуаро договорить, а мосье Бекс уже нетерпеливо дергал шнур звонка.

Тут же явилась Франсуаза: да, на полу валялись бумаги. Куда она их дела? Конечно же, бросила в печь на кухне. Куда ж еще?

Выразив жестом крайнюю степень отчаяния, Бекс отпустил ее. Внезапно лицо его просветлело, он бросился к столу. И вот он уже листает чековую книжку покойного. И снова жест отчаяния – корешок последнего чека не заполнен.

– Мужайтесь! – воскликнул Пуаро, похлопывая его по спине. – Мадам Рено наверняка сможет пролить свет на этого таинственного Дьювина.

Комиссар немного приободрился.

– Да, правда. Ну что ж, продолжим.

---

[1] Смотри-ка (фр.).

Когда мы выходили из кабинета, Пуаро спросил как бы между прочим:

– А что, мосье Рено вчера вечером принимал свою гостью здесь, а?

– Да, именно здесь, а как вы узнали?

– А вот как – с помощью этого пустяка. Я нашел его на спинке кресла. – Двумя пальцами Пуаро держал длинный черный волос – женский волос!

Мосье Бекс вывел нас через заднюю дверь к небольшому сараю, примыкающему к дому, достал из кармана ключ и отпер его.

– Тело здесь. Как раз перед вашим приездом мы перенесли его сюда; фотограф ведь уже все отснял.

Он распахнул дверь, и мы вошли. Убитый лежал на полу. Мосье Бекс проворно сдернул с трупа простыню. Мосье Рено был среднего роста, худощавый и стройный. Выглядел он лет на пятьдесят, волосы черные, с сильной проседью, лицо тщательно выбрито, нос длинный, тонкий, довольно близко посаженные глаза; кожа сильно загорелая, как у человека, который большую часть жизни провел под тропическим солнцем, зубы оскалены, и на мертвом лице застыло выражение крайнего изумления и ужаса.

– По его лицу сразу видно, что удар был нанесен неожиданно, – заметил Пуаро.

Он с величайшей осторожностью перевернул тело. На светлом песочного цвета плаще как раз между лопатками расплылось круглое темное пятно с продолговатым разрезом посередине. Пуаро принялся внимательно разглядывать тело.

– Что вы думаете по поводу орудия убийства?

– А что тут думать, нож просто-напросто торчал в ране.

Комиссар снял с полки стеклянную банку. Внутри я увидел небольшой нож с черной ручкой и узким блестящим лезвием вроде тех, которыми разрезают бумагу. В длину нож был не более десяти дюймов. Пуаро осторожно потрогал испачканное кровью острие.

– Ого! Да он преострый! Подумать только, такой маленький, хорошенький ножичек – и орудие убийства!

– К сожалению, мы не нашли на нем отпечатков пальцев, – сокрушенно сообщил мосье Бекс. – Очевидно, убийца был в перчатках.

– Ну разумеется, – небрежно заметил Пуаро. – Теперь даже в Сантьяго преступники осведомлены о таких мерах предосторожности. Что уж говорить о европейцах – тут любой непрофессионал знает не меньше нас с вами. А все эти газетчики раззвонили по всему свету о Бертильоновой системе[1]. Однако все равно я удивлен, что на ноже нет отпечатков. Ведь так заманчиво оставить чьи-то чужие отпечатки! А уж как полиция обрадуется. – Он покачал головой. – Боюсь, убийство совершил человек, для которого порядок и система – пустые слова, а быть может, он просто очень спешил. Впрочем, поглядим.

Пуаро снова повернул покойника на спину.

– Вижу, под плащом нет ничего, кроме нижнего белья, – заметил он.

– Да, следователь тоже отметил эту странность.

В этот момент кто-то постучал в дверь, которую мы заперли за собой, когда вошли в сарай. Бекс пошел отпирать. Это оказалась Франсуаза. С жадным любопытством она пыталась заглянуть внутрь.

– Ну, что там еще? – нетерпеливо буркнул Бекс.

– Мадам послала сказать, что ей уже гораздо лучше и она может говорить с господином следователем.

– Прекрасно, – обрадовался мосье Бекс. – Уведомьте мосье Отэ и передайте мадам, что мы сейчас будем.

Пуаро все медлил, глядя на убитого. Я даже подумал было, уж не собирается ли он дать клятву, что не успокоится, пока не найдет убийцу. Но против ожидания он не сказал ничего торжественного или значительного. Весьма обыденно и просто он произнес несколько слов, которые показались мне до смешного неуместными в этот момент:

– Слишком уж длинный плащ он носил.

---

[1] Бертильон А. (1853–1914) – французский криминалист, разработавший систему приемов судебной идентификации личности, включавшую словесный портрет, описание особых примет и др. и применявшуюся полицией во всех странах до начала XX века.

Глава 5. Рассказ мадам Рено

Мосье Отэ уже ожидал нас в холле, и мы все вместе, возглавляемые Франсуазой, двинулись вверх по лестнице. Пуаро поднимался как-то странно, зигзагами, чем немало меня озадачил. Заметив мое удивление, он подмигнул мне.

– Еще бы служанкам не слышать, как мосье Рено поднимался, – шепотом сказал он. – Ступеньки скрипят все до единой, от такого скрипа и мертвый проснется!

На лестничную площадку выходил также узкий боковой коридор.

– Здесь комнаты прислуги, – пояснил нам Бекс.

Нас же повели по широкому коридору. Франсуаза остановилась у последней двери справа и тихо постучала.

Слабый голос пригласил нас войти. Комната была просторная, солнечная, с окнами на море, которое синело и искрилось всего в какой-нибудь четверти мили от дома.

На кушетке высоко в подушках лежала рослая женщина весьма примечательной наружности. Подле нее с озабоченным видом сидел доктор Дюран. Хотя мадам Рено была далеко не молода и ее некогда черные волосы сверкали серебром, в ней чувствовалась незаурядная личность, волевая и решительная. Словом, как говорят французы, *une maîtresse femme*[1].

Она поздоровалась с нами легким, исполненным достоинства кивком.

– Прошу садиться, господа.

Мы сели в кресла, помощник следователя устроился за круглым столом.

– Надеюсь, мадам, – начал мосье Отэ, – вы сможете рассказать нам, что произошло ночью, если, разумеется, это не слишком тяжело для вас.

---

[1] Сильная женщина (фр.).

– Нет-нет, мосье. Ведь дорога каждая минута. Эти подлые убийцы должны быть пойманы и наказаны.

– Благодарю вас, мадам. Думаю, для вас будет менее утомительно, если я буду задавать вопросы, а вы ограничитесь только ответами на них. В котором часу вы легли спать вчера?

– В половине десятого, мосье. Я была очень утомлена.

– А ваш муж?

– По-моему, час спустя.

– Не показалось ли вам, что он расстроен или, может быть, взволнован?

– Нет, не более, чем обычно.

– Что же случилось потом?

– Мы спали. Проснулась я оттого, что кто-то зажал мне рот. Я пыталась закричать, но не смогла. Их было двое, и оба – в масках.

– Вы не могли бы описать их, мадам?

– Один очень высокий, с длинной черной бородой, другой – небольшого роста, коренастый, тоже с бородой, только рыжеватой. Оба в шляпах, надвинутых на самые глаза.

– Гм! – задумчиво произнес следователь. – Что-то многовато бород получается.

– Вы думаете, они накладные?

– Боюсь, что да, мадам. Но, прошу вас, продолжайте.

– Тот, что поменьше ростом, держал меня. Сначала он засунул мне в рот кляп, потом связал руки и ноги. Другой сторожил моего мужа. Он схватил с туалетного столика нож для разрезания бумаги, острый как бритва, и приставил его к груди мосье Рено. Когда коротышка связал меня, они оба занялись моим мужем, заставили его встать и вывели в гардеробную. Я едва не потеряла сознание от ужаса, но все же отчаянно старалась хоть что-нибудь услышать.

Они говорили так тихо, что я ничего не могла разобрать. Но язык мне знаком, это ломаный испанский, распространенный в некоторых странах Южной Америки. Мне показалось, они сначала требовали что-то у моего мужа, потом, видно, разозлились и стали говорить громче. По-моему, высокий сказал: «Ты ведь знаешь, что нам нужно. Документы! Секретные документы! Где они?» Что ответил муж, я не слышала, только второй злобно прошипел: «Лжешь! Мы знаем, они у тебя. Где ключи?»

Потом я услышала, как они выдвигают ящики. Видите ли, в гардеробной мужа есть сейф, где он обычно держит наличные деньги, довольно крупные суммы. Леони говорит, что они вытряхнули все из сейфа, забрали деньги, но, видимо, того, за чем охотились, не нашли. Потом, слышу, высокий, проклиная все на свете, велит мужу одеваться. Но тут, видно, какой-то шум в доме спугнул их, и они втолкнули полуодетого мосье Рено в спальню.

– *Pardon,* – прервал ее Пуаро, – а другого выхода из гардеробной нет?

– Нет, мосье, там только одна дверь – в спальню. Они погнали моего мужа к двери – впереди коротышка, а последним высокий с ножом в руке. Поль пытался вырваться, подойти ко мне. В глазах его было отчаяние. «Мне надо поговорить с ней!» – крикнул он им, а мне сказал: «Ничего страшного, Элоиза. Только не пугайся. К утру я вернусь». Он старался говорить спокойно, но в его глазах был ужас, я видела. Потом они вытолкали его за дверь, и высокий сказал: «Только пикни попробуй – и тебе конец». Потом, – продолжала мадам Рено, – я, должно быть, потеряла сознание. Очнулась, только когда Леони растирала мне руки и уговаривала выпить немного бренди.

– Мадам Рено, – сказал следователь, – как вы думаете, что искали убийцы?

– Понятия не имею, мосье.

– Не замечали ли вы, что вашего мужа что-то тревожит?

– Да, я видела, что он очень переменился в последнее время.

– Как давно?

Мадам Рено подумала.

– Наверное, дней десять.

– Не раньше?

– Возможно, и раньше. Но я ничего не замечала.

– А вы не пробовали расспрашивать его?

– Да, один раз, но он ответил как-то очень уклончиво. Тем не менее я была совершенно уверена, что он страшно о чем-то тревожится. Но он не хотел открыться, и, понимая это, я старалась делать вид, что ничего не замечаю.

– Было ли вам известно, что мосье Рено прибег к услугам детектива?

– Детектива? – воскликнула мадам Рено, видимо, очень удивленная.

– Да, вот этого джентльмена – мосье Эркюля Пуаро. – Пуаро вежливо поклонился. – Он прибыл сегодня по вызову вашего мужа.

Достав письмо, которое мосье Рено отправил Пуаро, следователь подал его мадам Рено.

Она прочла его с неподдельным изумлением.

– Я и понятия не имела. Очевидно, Поль был уверен, что ему грозит опасность.

– А теперь, мадам, я прошу вас ответить мне совершенно откровенно. Когда ваш муж жил в Южной Америке, не случилось ли с ним чего-нибудь, что могло бы пролить свет на это дело?

Мадам Рено глубоко задумалась, но потом отрицательно покачала головой.

– Не знаю, что и сказать. Конечно, у мужа было много недоброжелателей – ему многие завидовали, но ничего особенного я не могу припомнить. Возможно, что-то и было, только мне об этом ничего не известно.

Следователь разочарованно погладил свою бородку.

– Не могли бы вы сказать, в котором часу произошло нападение?

– Конечно, я отчетливо помню, как часы на камине пробили два раза.

И мадам Рено кивнула на часы с восьмидневным заводом, в дорогом кожаном футляре, стоящие посередине каминной полки.

Пуаро подошел к камину и принялся внимательно их разглядывать, потом кивнул, видимо, вполне удовлетворенный результатами осмотра.

– А вот еще одни часы, – воскликнул мосье Бекс, – наручные, их, видно, смахнули с туалетного столика. Стекло, правда, вдребезги. Преступникам невдомек, что это может обернуться уликой против них.

Он осторожно собрал осколки.

Внезапно мосье Бекс замер.

– *Mon Dieu!* – невольно вырвалось у него.

– В чем дело?

– Стрелки показывают семь часов!

– Что?! – воскликнул в свою очередь следователь.

Однако Пуаро, находчивый, как всегда, взял часы из рук растерявшегося комиссара, поднес их к уху и улыбнулся.

– Ну да, стекло разбито, но часы идут.

Услышав столь простое объяснение, все облегченно вздохнули. Однако следователь не успокоился:

– Но, позвольте, ведь сейчас еще нет семи?

– Да, только пять минут шестого, – спокойно заметил Пуаро. – Вероятно, эти часы спешат, не так ли, мадам?

Мадам Рено нахмурилась, не зная, что ответить.

– Да, они спешат, – сказала она. – Правда, я не думала, что так сильно.

Следователь, нетерпеливо махнув рукой, прервал обсуждение темы разбитых часов и продолжил допрос:

– Мадам, парадная дверь была приоткрыта. Наверняка убийцы проникли в дом через нее, и, однако, – никаких следов взлома. Вы могли бы объяснить почему?

– Вероятно, муж выходил вечером погулять и, возвратившись, забыл запереть дверь.

– По-вашему, это возможно?

– Вполне. Он был очень рассеян.

Говоря это, мадам Рено слегка сдвинула брови, похоже, рассеянность покойного порой раздражала ее.

– Думаю, у нас есть основания сделать одно немаловажное заключение, – вмешался вдруг комиссар. – Убийцы предложили мосье Рено одеться, стало быть, место, где, как они предполагали, запрятаны интересующие их бумаги, должно находиться далеко отсюда.

Следователь кивнул в знак согласия.

– Несомненно. Однако и не слишком далеко, ведь мосье Рено сказал, что к утру вернется.

– Когда отходит последний поезд из Мерлинвиля? – спросил Пуаро.

– В двадцать три пятьдесят в одном направлении и в ноль семнадцать – в другом, но, скорее всего, у них был автомобиль.

– Конечно, – согласился Пуаро, который, казалось, был чем-то озабочен.

– А ведь у нас, пожалуй, есть шанс напасть на их след, – воодушевляясь, снова заговорил следователь, – вряд ли автомобиль с двумя иностранцами остался незамеченным. Это же замечательно, мосье Бекс.

Но, тут же согнав с лица довольную улыбку и вновь став серьезным, Отэ обратился к мадам Рено:

– Еще один вопрос. Вам говорит что-нибудь фамилия Дьювин?

– Дьювин? – задумчиво повторила мадам Рено. – Нет, я не знаю никого с такой фамилией.

– Может быть, ваш муж когда-нибудь ее упоминал, не помните?

– Нет, никогда.

– Нет ли у вас знакомых по имени Белла?

Следователь так и впился глазами в мадам Рено, стараясь уловить в ее лице признаки замешательства или смятения. Но мадам Рено покачала головой с совершенно невозмутимым видом. И мосье Отэ снова принялся задавать вопросы:

– Известно ли вам, что вчера вечером у вашего мужа был посетитель?

На щеках мадам Рено выступил легкий румянец, что не укрылось от глаз следователя.

– Нет, кто это был? – ответила она, сохраняя тем не менее совершенное спокойствие.

– Дама.

– В самом деле?

Однако следователь, казалось, удовольствовался тем, что услышал, и не стал продолжать расспросы. Едва ли, подумал он, мадам Добрэй имеет отношение к убийству, а расстраивать мадам Рено без веских к тому оснований ему не хотелось.

Он посмотрел на комиссара, тот согласно кивнул. Тогда мосье Отэ встал, прошел в другой конец комнаты и принес стеклянную банку, которую мы видели в сарае. Вынув оттуда нож, он обратился к мадам Рено.

– Мадам, узнаете это? – спросил он как можно мягче.

Она негромко вскрикнула:

– Конечно, это мой кинжальчик.

Увидев на нем пятна, она отшатнулась, глаза ее расширились от ужаса:

– Это что – кровь?

– Да, мадам. Вашего мужа убили этим оружием. – Он быстро убрал нож с глаз долой. – Уверены ли вы, что это тот самый нож, который лежал ночью на вашем туалетном столике?

– О да. Это подарок моего сына. Во время войны[1] он служил в авиации. Он был слишком молод, и ему пришлось прибавить себе два года, чтобы его взяли. – Чувствовалось, что мадам Рено гордится своим сыном. – Ножик сделан из авиационной стали, и сын подарил мне его в память о войне.

[1] Имеется в виду Первая мировая война 1914–1918 годов.

– Понимаю, мадам. Перейдем теперь к другому вопросу. Где сейчас ваш сын? Необходимо немедленно телеграфировать ему.

– Жак? В данное время он на пути в Буэнос-Айрес[1].

– То есть?

– Да. Вчера муж телеграфировал ему. Сначала он отправил Жака в Париж, а вчера выяснилось, что ему необходимо немедленно ехать в Южную Америку. Из Шербура[2] как раз вчера вечером отошел пароход в Буэнос-Айрес, и муж телеграфировал Жаку, чтобы он постарался успеть на него.

– Не знаете ли вы, какие дела у вашего сына в Буэнос-Айресе?

– Мне об этом ничего не известно, мосье, знаю только, что оттуда он должен ехать в Сантьяго.

– Сантьяго! Опять Сантьяго! – в один голос вскричали мосье Отэ и мосье Бекс.

Упоминание о Сантьяго поразило и меня, а Пуаро, воспользовавшись замешательством, подошел к мадам Рено. Все это время он стоял, мечтательно глядя в окно, и я даже не был уверен, следит ли он за тем, что происходит. Он молча поклонился мадам Рено, потом сказал:

– *Pardon,* мадам, не позволите ли взглянуть на ваши руки?

Слегка удивившись, мадам Рено выполнила его просьбу. На запястьях были видны глубокие ссадины – следы от веревок. Пока Пуаро рассматривал руки мадам Рено, я наблюдал за ним и заметил, что огонь возбуждения, горевший в его глазах, погас.

– Представляю, как вам больно, – сказал он, а я подумал, что мой друг, кажется, опять чем-то удручен.

Между тем следователь спохватился и заспешил:

– Надо немедленно связаться по радио с молодым мосье Рено. Нам крайне необходимо узнать все об этой его поездке в Сантьяго. – И, подумав, добавил: – К тому же, будь он здесь, мы могли бы избавить вас от лишних страданий, мадам.

---

[1] Буэнос-Айрес – столица Аргентины.
[2] Шербур – город и порт во Франции у пролива Ла-Манш.

Мосье Отэ многозначительно умолк.

– Вы имеете в виду опознание трупа? – глухо спросила мадам Рено.

Следователь молча склонил голову.

– Не тревожьтесь, мосье. У меня хватит сил вынести все, что потребуется. Я готова сделать это прямо сейчас.

– О, и завтра не поздно, уверяю вас…

– Нет, я хочу покончить с этим, – сказала она тихо, и судорога боли исказила ее лицо. – Не будете ли так любезны, доктор, позвольте опереться на вашу руку.

Доктор поспешил к ней на помощь, кто-то накинул плащ на плечи мадам Рено, и мы стали медленно спускаться по лестнице. Мосье Бекс бросился вперед и отворил дверь сарая. Мадам Рено подошла и остановилась на пороге. Она была очень бледна, но полна решимости. Прикрыв лицо рукой, она сказала:

– Минутку, мосье, я соберусь с силами.

Потом она опустила руку и взглянула на покойного.

И тут поразительное самообладание, с которым она держалась все время, оставило ее.

– Поль! – вскрикнула она. – Мой муж! О боже!

Она пошатнулась и без чувств упала на пол.

Пуаро мгновенно бросился к ней, приподнял веко, пощупал пульс. Убедившись, что мадам Рено действительно в глубоком обмороке, он отошел в сторону и, схватив меня за руку, воскликнул:

– Болван, какой же я болван, мой друг! Я просто потрясен! В голосе мадам Рено было столько любви и горя! Моя версия оказалась совершенно несостоятельной. *Eh bien!*[1] Придется начать все заново!

---

[1] Ну что ж! (фр.)

Глава 6. Место преступления

Доктор и мосье Отэ понесли бесчувственную мадам Рено в дом. Комиссар провожал их взглядом, сокрушенно качая головой.

– *Pauvre femme*[1], этого удара она не вынесла. Да, да, ничего не поделаешь. Ну что ж, мосье Пуаро, может быть, осмотрим место, где было совершено преступление?

– Если вас не затруднит, мосье Бекс.

Мы вернулись в дом и вышли на улицу через парадную дверь. Проходя мимо лестницы, ведущей наверх, Пуаро с сомнением покачал головой.

– Не верю, что служанки ничего не слышали. Ступени скрипят так, что и мертвый проснется, к тому же, заметьте, спускались трое!

– Но ведь была глубокая ночь. Видно, все они крепко спали.

Однако Пуаро все качал головой, похоже, мое объяснение ничуть его не убедило. Дойдя до поворота аллеи, он оглянулся на дом.

– Почему мы думаем, что они вошли через дверь? Ведь они не знали, что она не заперта, и могли влезть в окно.

– Но все окна первого этажа закрыты железными ставнями, – возразил комиссар.

Пуаро показал на одно из окон второго этажа.

– Это ведь окно спальни, да? Смотрите, вот по этому дереву можно в два счета добраться до окна.

– Возможно, вы правы, – согласился комиссар. – Но тогда на клумбе должны быть следы.

Справедливость его слов была очевидна. По обеим сторонам ступеней, ведущих к парадной двери, на больших овальных клумбах алела герань. К дереву, о котором говорил Пуаро, не подойдешь, не наступив на клумбу.

---

[1] Бедная женщина (фр.).

– Правда, погода стоит сухая, – продолжал комиссар, – на аллее и на дорожках следов не видно, но рыхлая, влажная земля на клумбе – совсем другое дело.

Пуаро принялся внимательно разглядывать клумбу. Мосье Бекс оказался прав, земля была совершенно ровной: ни ямки, ни углубления, ни вмятины.

Пуаро кивнул, как бы удовлетворенный осмотром, и мы уже отошли было, но вдруг он устремился к другой клумбе и стал ее рассматривать.

– Мосье Бекс! – позвал он. – Поглядите, здесь полно следов!

Комиссар подошел к нему и улыбнулся.

– Мой дорогой мосье Пуаро, совершенно верно – это следы садовника, его огромных, подбитых гвоздями сапог. Впрочем, это не имеет никакого значения, ведь с этой стороны нет дерева, и, следовательно, влезть в окно второго этажа невозможно.

– Да, правда, – заметил Пуаро, явно расстроенный. – Стало быть, вы считаете, что эти следы ничего не значат?

– Ровным счетом ничего.

И тут, к моему великому изумлению, Пуаро многозначительно произнес:

– Не согласен с вами. Сдается мне, эти следы – пока самая важная улика из всего, что мы видели.

Мосье Бекс промолчал, пожав плечами. Он был слишком вежлив, чтобы откровенно выложить, что он думает по этому поводу.

– Ну что ж, продолжим? – предложил он.

– Конечно. А этими следами я могу заняться и позже, – охотно согласился Пуаро.

Мосье Бекс пошел не к воротам, куда вела подъездная аллея, а круто свернул на боковую тропинку, обсаженную кустарником, которая, полого поднимаясь, огибала дом справа. Неожиданно тропинка вывела нас на небольшую площадку, откуда открывался вид на море. Здесь стояла скамейка и неподалеку от нее – ветхий сарай. В нескольких шагах отсюда шла аккуратная линия низенького кустарника, ограничивающая владения виллы. Мосье Бекс продрался сквозь кусты, и мы оказались на довольно широкой поляне. Я с удивлением огляделся вокруг.

– Постойте, да ведь это же площадка для гольфа.

Бекс кивнул.

– Она, правда, еще не доделана, – пояснил он. – Надеялись в следующем месяце ее закончить. Один из рабочих как раз и обнаружил здесь труп сегодня рано утром.

У меня внезапно перехватило дыхание. Чуть левее я заметил длинную узкую яму и рядом с нею… лежащее ничком тело! Сердце у меня в груди так и подпрыгнуло – неужели еще один труп! Но комиссар тут же развеял наваждение: он подошел к «трупу» и раздраженно крикнул:

– И куда глядит полиция? Ведь я строго-настрого приказал никого сюда не пускать без особого разрешения.

Джентльмен, лежащий на земле, повернул голову и небрежно бросил:

– Да есть, есть у меня это самое разрешение.

И он неспешно поднялся на ноги.

– Мой дорогой мосье Жиро! – вскричал комиссар. – А я и не знал, что вы уже прибыли. Господин следователь ждет не дождется вас.

Пока комиссар держал речь, я с любопытством разглядывал мосье Жиро. Я так много слышал о знаменитом сыщике парижской Сюртэ, и вот наконец мне довелось увидеть его. На вид ему было лет тридцать, рост – высокий, волосы и усы – темно-рыжие, военная выправка. Он держался довольно вызывающе, и видно было, что сознание собственной значительности просто распирает его. Бекс представил нас, отрекомендовав Пуаро как собрата по профессии. Искра любопытства зажглась в глазах сыщика.

– Наслышан о вас, мосье Пуаро, – сказал он. – Вы ведь были весьма заметной личностью в прежние времена. Но теперь у нас в криминалистике совсем иные методы.

– Хотя преступления по большей части все те же, – деликатно заметил Пуаро.

Я сразу понял, что Жиро испытывает к нам явную неприязнь. Видимо, его задело, что расследованием занимается кто-то еще, я чувствовал, что если ему посчастливится обнаружить важные улики, то он, вероятно, постарается скрыть их от нас.

– Господин следователь… – снова начал Бекс.

Но Жиро грубо перебил его:

– Плевать мне на господина следователя! Главное сейчас – успеть все сделать здесь, пока еще светло. Ведь осталось каких-нибудь полчаса. Об этом деле мне уже все известно, мои люди до утра перероют весь дом, но что касается улик, то их следует искать именно здесь, на этом месте. Это ваши полицейские затоптали тут все? Я-то думал, они теперь хоть немного поумнели.

– Конечно, поумнели. Ведь следы, которые вызвали ваше неудовольствие, оставили рабочие, обнаружившие тело.

В ответ мосье Жиро презрительно фыркнул.

– Я нашел следы там, где все трое продирались через кусты, но преступники – хитрые бестии. Удалось различить только следы мосье Рено, а свои они затерли. Мало того, что на такой твердой сухой земле все равно почти ничего не разглядишь, так они еще и подстраховались.

– Вещественные улики, – сказал Пуаро. – Именно это вы ищете, а?

Жиро в недоумении уставился на него.

– Ну, разумеется.

Легкая улыбка тронула губы Пуаро. Ему явно хотелось высказаться, но он сдержался. Он нагнулся и принялся рассматривать лопату.

– Ею и была вырыта могила – ясно как день, – заметил Жиро. – Но это мало что дает нам. Ведь это лопата из дома мосье Рено, а тот, кто рыл, был в перчатках. Вот они.

Он ткнул ботинком туда, где лежала пара испачканных землей перчаток.

– Перчатки тоже принадлежат мосье Рено или, по крайней мере, его садовнику. Говорю вам, эти парни все предусмотрели – ни одного промаха. Мосье Рено убит его собственным ножом, а могила вырыта его собственной лопатой. Убийцы полагают, что не оставили следов! Но мы еще посмотрим, кто кого. Всегда что-нибудь да остается! И я это найду!

Однако Пуаро, очевидно, заинтересовало что-то совсем другое, а именно короткий обрубок свинцовой трубы, лежащий рядом с лопатой. Он осторожно коснулся его пальцем.

– А эта штучка тоже принадлежала убитому? – спросил он, и мне почудилась легкая насмешка в его вопросе.

Жиро пожал плечами, давая понять, что не знает, да и знать не хочет.

– Небось давно здесь валяется. Во всяком случае, меня этот обрубок не интересует.

– А вот меня очень даже интересует, – промурлыкал Пуаро.

Ему просто охота позлить этого парижского выскочку, подумал я. И, кажется, ему это удалось. Мосье Жиро отвернулся, бросив довольно грубо, что не желает терять времени попусту, и, нагнувшись, снова принялся разглядывать что-то на земле.

А Пуаро, словно внезапно осененный какой-то догадкой, продрался сквозь кустарник на территорию виллы и подергал дверь сарайчика.

– Заперто, – бросил Жиро через плечо. – Там садовник держит всякий хлам, ничего интересного. Лопату взяли не здесь, а в сарае с инструментами, что возле дома.

– Изумительно, – с восторгом шепнул мне Пуаро. – Он здесь не более получаса, но все уже разнюхал! Великий человек! Нет сомнений, Жиро – крупнейший из современных сыщиков!

Признаюсь честно, хоть мне и не нравился этот самый Жиро, он произвел на меня довольно сильное впечатление. Казалось, энергия бьет в нем ключом. Тогда как Пуаро до сих пор еще никак не проявил себя. Это меня задевало. Его почему-то очень занимали какие-то глупости, пустяки, не имеющие к делу никакого отношения. Вот и тут в эту самую минуту он вдруг спросил:

– Мосье Бекс, скажите, прошу вас, что это за белая линия, которой очерчена могила? Это дело рук полицейских?

– Нет, мосье Пуаро, полиция здесь ни при чем. Таким образом на площадках для гольфа обычно указывают место, где будет так называемое «препятствие».

– Препятствие? – Пуаро обратился ко мне: – Это неправильной формы яма, заполненная песком с бортиком с одной стороны, да?

Я кивнул.

– Мосье Рено, конечно, играл в гольф?

– Да, он был отличным игроком. Именно благодаря ему и его щедрым пожертвованиям устраивалась эта площадка. И при составлении проекта его слово было решающим.

Пуаро рассеянно кивнул, а потом вдруг заметил:

– Не слишком-то удачное место они выбрали для могилы, ведь как раз здесь должны были рыть яму для «препятствия», а раз так, значит, тело сразу обнаружили бы.

– Верно! – торжествующе воскликнул Жиро. – Это как раз и доказывает, что преступники не из местных. Блестящий пример косвенной улики.

– Так-то оно так, – сказал Пуаро с сомнением. – Однако местные тоже могли бы зарыть здесь тело, но только в одном случае – если бы они хотели, чтобы его нашли! Нелепость какая-то, правда?

Но Жиро даже не потрудился ответить.

– Да-а, – повторил Пуаро как-то разочарованно. – Да... конечно... Нелепость!

Глава 7. Таинственная мадам Добрэй

Когда мы возвращались к дому, мосье Бекс, извинившись, что оставляет нас, поспешил, как он выразился, немедленно уведомить мосье Отэ о факте прибытия мосье Жиро. А сам мосье Жиро определенно обрадовался, когда Пуаро заявил, что уже посмотрел все, что хотел. Мы ушли, а мосье Жиро все еще ползал на четвереньках, дотошно осматривая и ощупывая каждый сантиметр, и я невольно восхитился им. Пуаро, видимо, угадал мои мысли и, когда мы остались одни, заметил не без сарказма:

– Ну, наконец-то вы познакомились с сыщиком, который вызывает у вас восхищение. Человек-ищейка! Что, я не прав?

– Во всяком случае, он хоть что-то делает, – возразил я довольно дерзко. – Уж если остались улики, не сомневайтесь – он их отыщет. А вы…

– *Eh bien!* А я уже кое-что нашел! Кусок трубы, например.

– Какая чепуха, Пуаро. Вы же понимаете, что эта труба не имеет к делу никакого отношения. Я говорю о мельчайших уликах, которые неизбежно приведут нас к убийцам.

– *Mon ami,* улика – всегда улика, будь она длиной в два фута или в два миллиметра! Почему улики непременно должны быть микроскопическими? Какие романтические бредни! А что до свинцовой трубы, так это Жиро внушил вам, что она не имеет отношения к делу. Нет, нет, ни слова более. Пусть Жиро ищет свои улики, а я буду думать. Этот случай кажется простым, однако… однако, *mon ami,* многое меня здесь настораживает! Вы спросите почему. Во-первых, часы, которые уходят на два часа вперед. Затем еще целый ряд мелочей, которые не стыкуются друг с другом. Например, если убийцы хотели просто отомстить мосье Рено, они убили бы его, когда он спал, и дело с концом. Почему они так не сделали?

– Но ведь они хотели получить какие-то документы? – напомнил я.

Пуаро брезгливо стряхнул пылинку с рукава.

– Ну, и где же эти «документы»? Предположительно, где-то довольно далеко, ибо убийцы заставили мосье Рено одеться. Однако труп найден совсем близко от дома, почти в пределах слышимости. Или еще – неужели по чистой случайности орудие убийства, этот кинжальчик, будто нарочно оказался под рукой?

Он помолчал, нахмурившись, потом снова заговорил:

– Почему служанки ничего не слышали? Их что, снотворным опоили? Может быть, был сообщник? Может быть, именно он проследил, чтобы парадная дверь была отперта? Интересно, как…

Тут он круто остановился. Мы подошли как раз к аллее перед домом. Пуаро неожиданно обратился ко мне:

– Друг мой, я намерен вас удивить и… порадовать! Ваши упреки не оставили меня равнодушным! Будем изучать следы!

– Где?

– Вот тут, на клумбе, справа. Мосье Бекс говорит, это следы садовника. Проверим, не ошибается ли он. Смотрите, вот и сам садовник идет сюда со своей тачкой.

И впрямь пожилой садовник катил по аллее тележку с рассадой. Пуаро подозвал его, и он, опустив тачку, прихрамывая, подошел к нам.

– Вы хотите попросить у него сапог и сравнить его с отпечатком, да? – спросил я, затаив дыхание. Моя вера в Пуаро начала возрождаться. Раз он сказал, что следы на этой клумбе необычайно важны, стало быть, так и есть.

– Точно, – ответил Пуаро.

– А что он подумает? Наверное, ему это покажется странным?

– Он вообще ничего не подумает, вот увидите.

Нам пришлось замолчать, так как старик уже подошел к нам.

– Вы звали меня, мосье?

– Да. Вы ведь давно здесь служите, не так ли?

– Двадцать четыре года, мосье.

– Вас зовут…

– Огюст, мосье.

– Я просто в восторге от этих чудных гераней. Право, они превосходны. И давно посажены?

– Довольно давно, мосье. Но, конечно, чтобы клумба всегда имела вид, надо подсаживать свежие цветы, а те, что отцвели, срезать, да еще не лениться и выкапывать старые кустики.

– Кажется, вы вчера посадили несколько новых кустиков, да? Вот там, в середине, и на другой клумбе тоже?

– У мосье острый глаз. Пройдет день-два, и они приживутся. Вчера вечером я посадил по десять новых на каждую клумбу. Мосье знает, конечно, что нельзя сажать, когда палит солнце.

Видно, Огюсту очень польстило, что Пуаро так интересуется цветами, и он охотно разговорился.

– Какой великолепный цветок! Вон там, – сказал Пуаро. – Вы не могли бы срезать его для меня?

– Охотно, мосье.

Старик ступил на клумбу и бережно срезал цветок, который так понравился моему другу.

Пуаро рассыпался в благодарностях, и Огюст вернулся к своей тачке.

– Ну, видите? – сказал с улыбкой Пуаро, нагнувшись к клумбе и рассматривая след сапога, подбитого гвоздями. – Все очень просто.

– А я и не сообразил…

– Что можно не разуваться? Не желаете пошевелить мозгами, а зря. Ну, как отпечаток? Что скажете?

Я принялся внимательно разглядывать клумбу.

– Все следы на этой клумбе оставлены его сапогами, – изрек я наконец после усердного изучения объекта.

– Вы так думаете! *Eh bien!* Я согласен с вами, – отозвался Пуаро, но как-то безразлично, словно мысли его были заняты уже чем-то другим.

– Во всяком случае, – заметил я, – поздравляю: теперь у вас одним заскоком меньше.

– *Mon Dieu!* Что за выражение! Что это значит?

– Просто я хотел сказать, что вы можете наконец расстаться с вашей навязчивой идеей по поводу этих следов.

Однако Пуаро, к моему удивлению, покачал головой.

– О нет, *mon ami.* Теперь наконец я на верном пути. Правда, я еще блуждаю в потемках, но, как я намекнул уже мосье Бексу, эти следы – самое важное и интересное во всей истории! Бедняга Жиро! Не удивлюсь, если он вообще их не заметит.

В этот момент парадная дверь отворилась, и по ступенькам крыльца спустились мосье Отэ с комиссаром.

– Ах, мосье Пуаро, а мы вас как раз разыскиваем, – сказал следователь. – Становится поздно, а я хотел бы еще нанести визит мадам Добрэй. Она, конечно, весьма удручена смертью мосье Рено, но, может быть, нам повезет и мы от нее получим ключ к разгадке этой трагедии. Возможно, мосье Рено именно ей доверил тайну, которую скрывал от жены. Ведь он был так страстно увлечен мадам Добрэй. Уж нам-то с вами известно, что в таких случаях даже самые сильные и твердые из нас теряют голову.

Мы молча присоединились к ним. Впереди шли Пуаро со следователем, а мы с комиссаром немного поотстали.

– Не сомневаюсь, что в основном Франсуаза рассказала нам все как было, – сообщил он мне доверительно. – Я тут навел кое-какие справки по телефону. Оказывается, за последние шесть недель, то есть с тех пор, как мосье Рено поселился в Мерлинвиле, на банковский счет мадам Добрэй трижды поступали крупные суммы денег. В общей сложности двести тысяч франков!

– Господи! Да ведь это же около четырех тысяч фунтов! – подсчитал я.

– Совершенно верно. Да, мосье Рено, вероятно, совсем потерял голову. Остается выяснить, доверил ли он ей эти секретные документы. Следователь преисполнен надежд, но я не разделяю его настроений.

Беседуя, мы шли по тропе по направлению к развилке, где днем останавливался наш автомобиль. Тут-то я и сообразил, что вилла «Маргерит», где обитает таинственная мадам Добрэй, это и есть тот самый домик, откуда появилась девушка, поразившая меня своей красотой.

– Мадам Добрэй живет здесь уже много лет, – сказал комиссар, кивнув в сторону дома. – Живет тихо и скромно. Кажется, у нее нет ни друзей, ни родственников, только те знакомые, с кем она поддерживает отношения здесь, в Мерлинвиле. Она никогда не говорит о своем прошлом, о муже. Неизвестно даже, жив ли он. Понимаете, ее окружает какая-то тайна.

Я кивнул, мое любопытство росло.

– А… ее дочь? – отважился спросить я наконец.

– Прекрасная молодая девушка! Скромная, набожная, словом, все как полагается. Жаль ее, ведь она-то может и не знать ничего о прошлом своей семьи, но тот, кто захочет предложить ей руку и сердце, вправе рассчитывать, что его посвятят в семейные дела, и тогда… – Тут комиссар с сомнением пожал плечами.

– Но ведь это не ее вина! – воскликнул я, чувствуя, как во мне закипает гнев.

– Разумеется, но что вы хотите? Обычно мужчины очень щепетильны, когда дело касается родственников будущей жены.

Мне пришлось воздержаться от возражений, ибо мы уже подошли к двери. Мосье Отэ позвонил. Прошло несколько минут, потом мы услышали шаги, и дверь отворилась. На пороге стояла та самая юная богиня, которая поразила мое воображение. Когда она увидела нас, кровь отхлынула от ее лица, оно покрылось мертвенной бледностью, а глаза расширились от страха. Было очевидно, что она до смерти напугана!

– Мадемуазель Добрэй, – начал мосье Отэ, снимая шляпу. – Бесконечно сожалею, что пришлось побеспокоить вас, но закон требует… понимаете ли… Передайте поклон вашей матушке. Не соблаговолит ли она уделить мне несколько минут?

Девушка на мгновение замерла. Ее левая рука была прижата к груди, точно она силилась унять бешено колотящееся сердце. Потом, овладев собой, она тихо сказала:

– Пойду узнаю. Входите, пожалуйста…

Она вошла в комнату налево, и мы услышали ее тихий шепот. Затем другой голос, похожий на голос девушки, но с твердыми нотками, проскальзывающими в певучей интонации, сказал:

– Ну, разумеется. Проси их.

Минуту спустя мы оказались лицом к лицу с таинственной мадам Добрэй.

Ростом она была пониже дочери, но округлые формы ее фигуры пленяли очарованием цветущей зрелости. Волосы, не золотистые, как у дочери, а темные, были разделены строгим пробором, что придавало ей некое сходство с Мадонной[1]. Глаза, полуприкрытые тяжелыми веками, сияли голубизной. Заметно было, что она уже не молода, хотя прекрасно сохранилась и не утратила обаяния, которое не зависит от возраста.

– Вы хотели видеть меня, мосье? – спросила она.

– Да, мадам. – Мосье Отэ кашлянул. – Я расследую дело о смерти мосье Рено. Вы, наверное, уже слышали об этом?

Она молча наклонила голову. В лице ее не дрогнул ни один мускул.

– Мы хотели бы просить вас, если позволите… э-э… пролить свет на обстоятельства дела.

– Меня? – спросила она, крайне удивленная.

– Да, мадам. У нас есть основания предполагать, что вы имели обыкновение по вечерам навещать покойного мосье Рено. Так ли это?

---

[1] Мадонна – итальянское название Богородицы, матери Иисуса Христа (букв.: «моя госпожа»).

Легкий румянец выступил у нее на щеках, но ответила она совершенно невозмутимо:

– Полагаю, вы не вправе задавать мне подобные вопросы!

– Но мы ведь расследуем убийство, не забывайте об этом, мадам.

– Ну и что же? Я не имею к этому ни малейшего отношения.

– Мы пока вас ни в чем не обвиняем, мадам. Однако вы хорошо знали покойного. Говорил ли он вам, что ему грозит опасность?

– Нет, никогда.

– Не рассказывал ли он вам о своей жизни в Сантьяго? Не упоминал ли о том, что у него там есть враги?

– Нет.

– Стало быть, вы ничем нам не поможете?

– Боюсь, что нет. В самом деле, я даже не понимаю, почему вам вздумалось прийти ко мне. Разве его жена не может ответить на ваши вопросы? – В ее голосе слышалась легкая ирония.

– Мадам Рено рассказала нам все, что могла.

– Ах! – воскликнула мадам Добрэй. – Представляю себе…

– Что представляете, мадам?

– Да нет, ничего.

Следователь смотрел на нее. Он понимал, что, в сущности, он ведет поединок и перед ним – соперник, причем весьма достойный.

– Стало быть, вы утверждаете, что мосье Рено не поверял вам своих тайн?

– Почему вы считаете, что он должен был что-то поверять мне?

– А потому, мадам, – сказал мосье Отэ нарочито жестко, – что мужчины порой открывают любовницам то, чего никогда не скажут женам.

– О! – Она в ярости вскочила, глаза ее метали молнии. – Вы оскорбляете меня! Да еще в присутствии дочери! Не желаю больше разговаривать с вами. Сделайте милость, оставьте мой дом!

Итак, лавры победителя достались, безусловно, мадам Добрэй. Мы покидали виллу «Маргерит» точно кучка пристыженных школьников. Следователь что-то раздраженно бубнил себе под нос. Пуаро, кажется, глубоко задумался. Внезапно он встрепенулся и спросил мосье Отэ, нет ли здесь поблизости приличного отеля.

– Неподалеку есть небольшая гостиница «Отель де Бэн». Всего в нескольких сотнях ярдов по этой дороге. Так что вам будет очень удобно. Надеюсь, утром увидимся.

– Да, благодарю вас, мосье Отэ.

Обменявшись любезностями, мы разошлись. Пуаро и я направились к Мерлинвилю, а мосье Отэ и мосье Бекс вернулись на виллу «Женевьева».

– Полицейская система во Франции достойна восхищения, – сказал Пуаро, глядя им вслед. – Да они же о каждом знают всю подноготную, их осведомленность просто невероятна. Судите сами, мосье Рено прожил здесь чуть больше шести недель, а им уже все известно – и каковы его вкусы, и чем он занимался. Мы и глазом не успели моргнуть, как они выдали нам все сведения о мадам Добрэй – и какой у нее счет в банке, и какие суммы денег внесены, и когда она их вложила! Учредив институт досье[1], они, несомненно, сделали великое дело. Что там такое? – С этими словами Пуаро резко обернулся назад.

Кто-то торопливо бежал вслед за нами. Оказалось, это Марта Добрэй.

– Прошу прощения, – с трудом выдохнула она. – Мне… Я не должна была… я знаю. Только не говорите ничего матушке. Ходят слухи, что мосье Рено перед смертью вызвал детектива? Это правда? Это вас он вызвал?

– Да, мадемуазель, – сказал Пуаро мягко. – Именно так. Но как вы узнали об этом?

– Это Франсуаза. Она сказала нашей Амели, – объяснила Марта, порозовев от смущения.

Пуаро поморщился.

---

[1] Досье – собрание документов, сведений, относящихся к какому-нибудь лицу, делу (спец.).

– Вот и попробуйте сохранить секретность! Но это неважно. Ну, мадемуазель, так что же вы хотели узнать?

Девушка замялась. Видно было, что ей смертельно хочется задать вопрос, но страх удерживает ее. Наконец тихо, почти шепотом она спросила:

– Уже… кого-то подозревают?

Пуаро бросил на нее пронзительный взгляд и уклончиво ответил:

– Пока подозревают многих, мадемуазель.

– Ну да, понимаю… но… кого-нибудь в особенности?

– А почему вы спрашиваете?

Вопрос, казалось, испугал девушку. И тотчас я вспомнил, что сказал о ней Пуаро утром. «Девушка с тревожным взглядом».

– Мосье Рено всегда так хорошо относился ко мне, – сказала она наконец. – Естественно, меня интересует…

– Понимаю, – сказал Пуаро. – Ну что ж, мадемуазель, пока наибольшее подозрение вызывают двое.

– Двое?

Я мог бы поклясться, что в ее голосе прозвучали одновременно и удивление и облегчение.

– Их имена неизвестны, но есть основания полагать, что они чилийцы из Сантьяго. Ах, мадемуазель, видите, что делают со мной молодость и очарование! Я выдал вам профессиональную тайну!

Девушка мило улыбнулась и застенчиво поблагодарила Пуаро.

– Мне нужно бежать. *Maman* меня, наверное, уже хватилась.

Она повернулась и быстро побежала по дороге, прекрасная, точно юная Аталанта[1]. Я уставился ей вслед.

– *Mon ami,* – сказал Пуаро со свойственной ему мягкой иронией, – мы что, так и простоим тут всю ночь? Конечно, я понимаю – вы увидели прелестную девушку и потеряли голову, но все же…

---

[1] Аталанта – согласно древнегреческой легенде, прекрасная девушка, искусная бегунья, давшая обет выйти замуж только за того, кто сумеет ее обогнать в состязании по бегу.

Я рассмеялся и извинился перед моим другом.

– Но она и в самом деле изумительно хороша, Пуаро. При виде такой красоты не грех и голову потерять.

Тут, к моему удивлению, Пуаро с самым серьезным видом покачал головой.

– Ах, *mon ami,* держитесь-ка вы подальше от Марты Добрэй. Эта девушка… не для вас. Послушайте старика Пуаро!

– Как! – закричал я. – Ведь комиссар говорил, что она столь же добродетельна, сколь и прекрасна. Сущий ангел!

– Иные отпетые преступники, которых я знавал, имели ангельскую наружность, – назидательно заметил Пуаро. – Психология преступника и лик Мадонны не такое уж редкое сочетание.

– Пуаро! – в ужасе возопил я. – Нет! Подозревать это невинное дитя? Невозможно!

– Ну-ну! С чего вы так разволновались? Я ведь не сказал, что подозреваю ее. Однако, согласитесь, ее настойчивое желание разузнать подробности несколько подозрительно.

– В данном случае я более прозорлив, чем вы, – сказал я. – Не за себя она тревожится, а за мать.

– Друг мой, – отвечал Пуаро, – как всегда, вы ничего не понимаете. Мадам Добрэй отлично может сама о себе позаботиться, ее дочери нечего о ней тревожиться. Вижу, что раздражаю вас, но рискну тем не менее повториться. Не заглядывайтесь на эту девушку. Она не для вас! Я, Эркюль Пуаро, говорю вам это. *Sacre!*[1] Вспомнить бы, где я видел ее лицо!

– Чье лицо? – удивленно спросил я. – Дочери?

– Да нет, матери.

Заметив удивление в моем взгляде, он многозначительно кивнул.

– Да-да, именно матери. Это было давно, когда я еще служил в бельгийской полиции. Собственно, ее я никогда прежде не видел, но я видел ее фотографию… в связи с каким-то делом. Мне даже кажется…

---

[1] Черт побери! (фр.)

– Что?

– Возможно, я ошибаюсь, но мне кажется, дело было связано с убийством!

Глава 8. Нечаянная встреча

Раннее утро следующего дня застало нас на вилле «Женевьева». На этот раз стоявший у ворот грозный страж не препятствовал нам. Мало того, он весьма почтительно взял под козырек, и мы проследовали к дому. Леони, горничная, как раз спускалась по лестнице и, кажется, была расположена немного поболтать.

Пуаро справился о здоровье мадам Рено.

Леони покачала головой.

– Совсем убита горем, бедняжка! Ничего в рот не берет, ну ни крошки! Бледная, как привидение. Просто сердце разрывается смотреть на нее. Вот уж я бы не стала так убиваться по мужу, который изменял мне с другой женщиной!

Пуаро сочувственно покачал головой.

– Конечно, конечно, но что вы хотите? Сердце любящей женщины готово многое простить. И все же – неужели они не ссорились в последние месяцы?

Леони снова покачала головой:

– Никогда, мосье. Никогда не слышала, чтобы мадам перечила мосье или упрекала его – никогда! У нее и характер и нрав просто ангельский… не то что у мосье.

– Вот как? Стало быть, мосье был не ангел?

– Что вы! Когда он гневался, весь дом ходуном ходил. А уж когда они поссорились с мосье Жаком – *ma foi!* Их было слышно на рыночной площади, так они орали!

– В самом деле? – удивился Пуаро. – И когда же это они так ссорились?

– О, как раз перед тем, как мосье Жаку ехать в Париж. Он чуть не опоздал на поезд. Он выскочил из библиотеки, схватил саквояж, который оставил в холле. Автомобиль был в ремонте, вот ему и пришлось бежать на станцию. Я как раз вытирала пыль в гостиной и видела, как он выскочил: лицо белое-белое, а на щеках аж красные пятна выступили. Ох и злой же он был!

Видно, Леони и самой рассказ доставлял немалое удовольствие.

– А о чем же они спорили?

– Ох, чего не знаю, того не знаю, – снова затараторила Леони. – Правда, крик стоял на весь дом, но уж очень громко и быстро они говорили, это ведь как надо знать по-английски, чтобы понять их! Мосье потом весь день ходил мрачнее тучи! Не знали, как и подойти к нему!

Тут наверху хлопнула дверь, и Леони сразу замолкла.

– Ой, меня ведь ждет Франсуаза! – спохватилась она, вспомнив наконец о своих обязанностях. – И вечно она ворчит, эта старуха.

– Одну минутку, мадемуазель. Скажите, пожалуйста, следователь здесь?

– Они ушли в гараж посмотреть на автомобиль. Мосье комиссар думает, что им могли воспользоваться в ту ночь.

– *Quelle idée!*[1] – пробормотал Пуаро, когда девушка удалилась.

– Вы хотите присоединиться к ним?

– Вовсе нет. Подождем их в гостиной. Надеюсь, хоть там прохладно. Сегодня с утра так и печет.

Однако такое безмятежное времяпрепровождение отнюдь меня не прельщало.

– Если вы ничего не имеете против… – сказал я неуверенно.

– Нисколько. Желаете начать собственное расследование, а?

– Да нет… Мне просто хотелось бы взглянуть на мосье Жиро, если он где-нибудь поблизости. Интересно, как он продвинулся.

– Человек-ищейка, – пробормотал Пуаро, откидываясь в мягком кресле и закрывая глаза. – Сделайте одолжение, мой друг. *Au revoir*[2].

Я не спеша вышел из дому через парадную дверь. И в самом деле, было довольно жарко. Я свернул на тропинку, по которой мы шли

---

[1] Ну и мысль! (фр.)
[2] До свидания (фр.).

накануне. Мне хотелось самому хорошенько осмотреть место преступления. Однако я пошел не прямо к нему, а свернул в кусты, так чтобы выйти на поле для гольфа несколько правее. Кустарник здесь был значительно гуще, и мне пришлось с трудом продираться сквозь него. Я действовал столь энергично, что, вырвавшись наконец из его цепких объятий, с размаху налетел на девушку, которая стояла спиной к живой изгороди.

Она сдавленно вскрикнула, что было вполне естественно, но и у меня невольно вырвался возглас удивления – незнакомка оказалась моей попутчицей Сандрильоной!

Мы изумленно уставились друг на друга.

– Это вы! – в один голос воскликнули мы с ней.

Девушка первой пришла в себя.

– Вот так штука! – сказала она. – Что вы здесь делаете?

– А вы? – не растерялся я.

– Когда я с вами распрощалась позавчера, вы, точно пай-мальчик, спешили домой, в Англию.

– А когда я с вами распрощался, – возразил я, – вы, как пай-девочка, спешили домой вместе со своей сестрой. Кстати, как поживает ваша сестра?

Она одарила меня улыбкой, блеснув прелестными зубками.

– Как это мило с вашей стороны вспомнить о моей сестре! Благодарю, с ней все в порядке.

– Она здесь, с вами?

– Она осталась в городе, – ответила кокетка, задрав хорошенький носик.

– Не верю я ни в какую сестру, – засмеялся я. – Это же просто вылитая миссис Харрис![1]

– А вы помните, как зовут меня? – спросила она с улыбкой.

---

[1] Некая не существовавшая в действительности особа, имя которой постоянно упоминала миссис Гэмп, персонаж романа «Жизнь и приключения Мартина Чезлвита» Ч. Диккенса.

– Сандрильона. Но, может быть, вы все же назовете мне ваше настоящее имя, а?

Глядя мне в глаза с лукавой улыбкой, она покачала головой.

– А почему вы здесь, тоже не скажете?

– О-о! Представьте себе – отдыхаю, или вы полагаете, что артистам это не по карману?

– Дорогой курорт на морском побережье во Франции?

– Не так уж он дорог. Надо только уметь устроиться.

Я пристально посмотрел на нее.

– И все-таки еще позавчера у вас и в мыслях не было ехать сюда!

– Жизнь порой преподносит нам разные неожиданности, – назидательно изрекла Сандрильона. – Ну вот, я, кажется, достаточно рассказала о себе, и хватит с вас! Пай-мальчики не должны быть слишком любопытны. А вот вы все еще не сказали, что вы-то тут делаете?

– Помните, я говорил вам, что у меня есть близкий друг – детектив?

– Ну и что же?..

– Вы, наверное, слышали о преступлении здесь… на вилле «Женевьева»…

Она уставилась на меня. Глаза у нее сделались огромные и круглые.

– Вы что, хотите сказать… вы здесь в связи с этим?

Я кивнул. Сомнений быть не могло – мне сильно повезло. По тому, как она смотрела на меня, я понял, что сразу вырос в ее глазах. Некоторое время она молчала, не сводя с меня взгляда. Потом решительно тряхнула головой.

– Ну, это просто потрясающе! Проводите меня туда. Хочу своими глазами увидеть все эти ужасы.

– То есть как это?

– Именно так, как вы слышали. Господи, разве я не говорила вам, я ведь просто помешана на преступлениях? Я уже несколько часов тут вынюхиваю. И надо же, такое везенье! Прямо на вас налетела! Идемте же, покажите мне все поскорее.

– Послушайте… подождите минутку… Я не могу. Туда никого не пускают. Такие строгости…

– Но ведь вы и ваш друг, вы же шишки там, правда?

Мне не хотелось признаваться, что уж я-то совсем не «шишка».

– Не понимаю, почему вы так рветесь туда, – заметил я нерешительно. – И что, собственно, вы хотите увидеть?

– О, все! Место, где это случилось, орудие убийства, самого покойника, отпечатки пальцев, ну и все остальное. Какая удача привалила! Оказаться прямо на месте убийства! Такие впечатления, мне их на всю жизнь хватит.

Я отвернулся от нее – меня слегка подташнивало. Во что превратились женщины в наше время? Кровожадность этой юной особы вызывала у меня отвращение.

– Не понимаю, чего вы задаетесь? Подумаешь, нежности какие! – заговорила вдруг юная леди. – Хватит вам важничать! Когда вас пригласили сюда, вы что, тоже нос воротили – грязное, мол, дело, прошу меня не впутывать и все такое, да?

– Нет, но…

– А если бы вы здесь отдыхали, как я, например, неужели вам не захотелось бы все самому выведать? Уверена, еще как захотелось бы.

– Но я ведь мужчина. А вы… вы – девушка.

– По-вашему, если я девушка, значит, должна прыгать на стул и визжать при виде мыши. Ну и представления у вас, допотопные какие-то. Но все-таки вы отведете меня туда, правда? Понимаете, это, может быть, очень важно для меня.

– Каким образом?

– Вы же знаете, репортеров туда не пускают. А я могла бы за эту сенсацию сорвать хороший куш в одной газетке. Вы даже не представляете, сколько они платят за такие вот секретные сведения.

Я мучился сомнениями. Но тут она вложила мне в руку свои маленькие нежные пальчики.

– Ну пожалуйста... Очень вас прошу.

Я сдался. Честно признаться, роль экскурсовода в данном случае представлялась мне даже не лишенной приятности.

Сначала мы пошли к тому месту, где было обнаружено тело. Там дежурил полицейский. Узнав меня, он почтительно взял под козырек и не стал задавать никаких вопросов по поводу моей спутницы. Вероятно, он счел мое присутствие достаточно веским поручительством за нее. Я объяснил Сандрильоне, как было найдено тело. Она внимательно выслушала мой рассказ, временами перебивая его весьма неглупыми вопросами. Потом мы направились к вилле. Я шел, осторожно оглядываясь, ибо, по правде говоря, не испытывал большого желания встретиться с кем бы то ни было. Я провел девушку сквозь кустарник, и мы вышли к сарайчику позади дома. Я вспомнил, что накануне вечером, заперев дверь, мосье Бекс оставил ключ от сарая полицейскому Маршо, «на случай, если он потребуется мосье Жиро». Весьма вероятно, подумал я, что мосье Жиро вернул ключ Маршо. Спрятав девушку в кустах, так чтобы ее не было видно с тропинки, я вошел в дом. Маршо дежурил у дверей гостиной, откуда неясно доносились чьи-то голоса.

– Мосье желает видеть мосье Отэ? Он в гостиной. Снова допрашивает Франсуазу.

– Нет-нет, – поспешно заговорил я. – Он мне не нужен. Но я хотел бы взять ключ от сарая, если, конечно, это не нарушит инструкций.

– Ну, конечно, мосье. – И он достал ключ. – Вот он. Мосье Отэ приказал оказывать вам всяческое содействие. Вернете ключ, когда покончите с вашими делами, хорошо?

– Ну, разумеется.

Приятное волнение охватило меня при мысли, что, по крайней мере, в глазах Маршо я был фигурой почти столь же значительной, как сам Пуаро. Девушка ждала меня. Увидев в моих руках ключ, она даже вскрикнула от восторга.

– Значит, вам удалось получить его?

– Разумеется, – холодно отозвался я. – Но помните: то, что я сейчас делаю, – грубое нарушение инструкций.

– Да вы просто душка, я этого никогда не забуду. Идемте же. Им ведь не видно нас из дома, правда?

– Подождите минутку, – сказал я, удерживая ее. – Я не буду мешать вам, если вы и впрямь хотите войти туда. Но стоит ли это делать? Подумайте! Вы ведь уже видели место преступления и могилу, вы знаете все подробности убийства. Неужели не достаточно? Имейте в виду – зрелище вам предстоит неприятное, да что там – отвратительное.

С минуту она смотрела на меня взглядом, значение которого я не берусь растолковать. Потом засмеялась.

– Да ведь мне только и подавай всякие ужасы, – сказала она. – Пойдемте.

Мы молча подошли к сараю. Я отпер дверь, и мы вошли. Я приблизился к телу и, помня, как это делал вчера Бекс, осторожно стянул простыню. Из уст девушки вырвался сдавленный стон. Я обернулся и посмотрел на нее. Лицо ее было искажено страхом, от радостного возбуждения не осталось и следа. Что ж – она пренебрегла моим советом и теперь расплачивается за свое легкомыслие. Я не испытывал к ней жалости. Пусть выдержит это испытание до конца. Я осторожно повернул тело.

– Видите, – сказал я, – его убили ударом в спину.

Едва слышно она произнесла:

– Чем?

Я кивнул на стеклянную банку.

– Вот этим кинжалом.

Девушка внезапно пошатнулась и осела на пол. Я бросился к ней.

– Вам плохо. Идемте скорее. Такие зрелища не для вас.

– Воды, – прошептала она. – Скорее. Воды.

Я со всех ног бросился в дом. Мне повезло, служанок не было поблизости, не замеченный никем, я налил в стакан воды, добавил из походной фляжки несколько капель бренди и вернулся в сарай.

Девушка лежала в той же позе. Но несколько глотков бренди с водой возымели прямо-таки волшебное действие.

– Уведите меня отсюда... о, скорее, скорее! – твердила она, вся дрожа.

Поддерживая под руку, я вывел ее на свежий воздух. Выходя, она затворила за собой дверь, потом перевела дух.

– Ну вот, уже лучше. О, это ужасно! И зачем вы только пустили меня туда.

Это прозвучало так по-женски, что я не мог сдержать улыбки. В глубине души я был даже доволен тем, что ей стало дурно. Видимо, она не такая уж бессердечная, как я думал. В конце концов, она ведь еще почти дитя, и любопытство ее, видимо, просто от легкомыслия.

– Я как мог старался удержать вас, вы же знаете, – мягко сказал я.

– Конечно, знаю. Ну а теперь – до свидания.

– Постойте, вам нельзя так уйти... одной. Вы еще слабы. Я провожу вас в город. И не спорьте.

– Чепуха. Уже все прошло.

– А если вы снова потеряете сознание? Нет, я провожу вас.

Она упорно противилась этому. Но я, однако, настоял на своем, и она позволила проводить ее почти до самого города. Мы снова шли по той же тропинке, мимо могилы, а потом окольным путем вышли на дорогу. Когда стали попадаться первые лавки, она остановилась и протянула мне руку.

– До свидания, спасибо, что проводили.

– Вы уверены, что хорошо себя чувствуете?

– Да, совершенно. Спасибо. Надеюсь, у вас не будет неприятностей из-за меня?

Я заверил ее, что все в порядке.

– Ну, прощайте.

– *Au revoir,* – поправил я. – Вы ведь здесь живете, значит, мы еще увидимся.

Она одарила меня ослепительной улыбкой.

– Хорошо, пусть так. *Au revoir.*

– Подождите, вы даже не сказали мне ваш адрес.

– О, я живу в «Отель дю Фар», это небольшая, но вполне приличная гостиница. Загляните ко мне завтра.

– Непременно, – отвечал я, вероятно, с несколько излишней поспешностью.

Я постоял, пока она не скрылась из виду, а потом направился к вилле «Женевьева». Я вспомнил, что не запер дверь сарая. К счастью, никто этого не заметил. Я повернул в замке ключ, вынул его и отдал полицейскому. Тут мне вдруг пришло в голову, что хоть Сандрильона и дала мне свой адрес, имени-то ее я так и не узнал.

Глава 9. Мосье Жиро находит улики

В гостиной я застал следователя, деловито допрашивающего старика садовника. Здесь же были Пуаро и комиссар, которые приветствовали меня вежливым поклоном и улыбками. Я тихонько сел в кресло. Мосье Отэ проявлял чудеса усердия, он был немыслимо кропотлив и дотошен, однако старания его оказались напрасны, ему не удалось извлечь из свидетеля ничего мало-мальски существенного.

Огюст признал, правда, что перчатки, найденные на месте преступления, принадлежат ему. Он надевал их, когда приходилось ухаживать за примулой, которая, как известно, иногда бывает ядовитой. Он не помнит, когда в последний раз надевал их. Нет, конечно, он их не хватился. Где они обычно лежат? Да то здесь, то там. Лопата всегда стоит в сарайчике с инструментами. Запирается ли он? Конечно, запирается. Где хранится ключ от него? *Parbleu*[1], торчит в двери, само собой. Что там красть-то. Кто ж знал, что объявятся какие-то бандиты или убийцы. Когда вилла принадлежала мадам виконтессе, ничего подобного не случалось.

Мосье Отэ отпустил наконец старика, и тот заковылял к двери, ворча что-то себе под нос. Вспомнив, с каким необъяснимым упорством Пуаро проявлял интерес к следам на клумбе, я так и сверлил взглядом старика Огюста, когда он давал свои показания. То ли он и впрямь никак не замешан в преступлении, подумал я, то ли это непревзойденный актер. Когда он уже ступил за порог, внезапная догадка поразила меня.

– Извините, мосье Отэ, – воскликнул я, – вы позволите задать ему один вопрос?

– Ну, разумеется, мосье.

Заручившись поддержкой следователя, я обратился к Огюсту:

– Где вы держите свои сапоги?

– На ногах, – проворчал старик. – Где ж еще?

---

[1] Черт возьми (фр.).

– Куда вы их ставите на ночь?

– Под кровать.

– А кто их чистит?

– Никто. Зачем их чистить? Что мне, щеголять в них, что ли? По воскресеньям я надеваю другие, а так… – Он пожал плечами.

Обескураженный, я только развел руками.

– Ну что ж, – сказал следователь, – не слишком-то мы продвинулись. Разумеется, трудно что-либо предпринять, пока не придет ответ из Сантьяго. Не знает ли кто-нибудь, где Жиро? Право, он не слишком-то учтив! У меня большое желание послать за ним и…

– Нет нужды посылать за мной.

Мы все вздрогнули, услышав этот спокойный голос. Жиро стоял под открытым окном и смотрел на нас.

Он легко вскочил на подоконник, спрыгнул на пол и подошел к столу.

– Вот и я, к вашим услугам. Прошу прощения, что немного опоздал.

– Ну что вы, ничуть! – смущенно заверил его следователь.

– Разумеется, я всего-навсего сыщик, – продолжал Жиро. – В допросах ничего не смыслю. Однако позволю себе заметить, на вашем месте я бы вел допрос при закрытых окнах. А так можно запросто подслушать, что здесь происходит. Но это так, между прочим.

Мосье Отэ покраснел от гнева. Не требовалось особой проницательности, чтобы заметить, что следователь мосье Отэ и сыщик мосье Жиро не испытывают друг к другу особой симпатии. С самого начала между ними то и дело случались мелкие стычки. Вероятно, иначе и быть не могло. Жиро считал, что все следователи – болваны, и мосье Отэ, относившегося к своей особе и к своим служебным обязанностям с большим почтением, естественно, оскорбляла бесцеремонность столичного детектива.

– *Eh bien,* мосье Жиро, – начал следователь довольно раздраженно. – Уж вы-то наверняка зря времени не теряли! Может быть, вы сразу и имена убийц назовете, а? Неплохо бы узнать и место, где они скрываются!

Пропустив его выпад мимо ушей, мосье Жиро сказал:

– Во всяком случае, мне известно, откуда они прибыли.

Он достал что-то из кармана и выложил на стол. Мы столпились вокруг. Перед нами лежал самый обычный окурок и незажженная спичка. Сыщик резко обернулся к Пуаро.

– Что вы тут видите? – спросил он довольно грубо.

Краска бросилась мне в лицо, но Пуаро был невозмутим. Он пожал плечами.

– Окурок сигареты и спичку.

– Это вам говорит о чем-нибудь?

Пуаро развел руками.

– Ровным счетом ни о чем.

– А! – воскликнул довольный Жиро. – Вы даже не рассмотрели эти предметы. А ведь это не обыкновенная спичка – по крайней мере, у нас в стране таких нет. А вот в Южной Америке такие спички – дело обычное. Мне повезло – она незажженная, в противном случае ее происхождение нельзя было бы определить. Очевидно, один из преступников выбросил окурок и зажег другую сигарету, выронив при этом спичку из коробка.

– Где же другая спичка? – спросил Пуаро.

– Какая спичка?

– Та, с помощью которой он зажег сигарету. Ее вы тоже нашли?

– Нет.

– Может быть, вы не слишком усердно искали?

– Не слишком усердно?! – Казалось, сыщик вот-вот взорвется, но усилием воли он сдержался. – Понимаю, вы любите пошутить, мосье Пуаро. Но как бы то ни было – есть ли спичка, нет ли, достаточно и окурка. Эта сигарета из Южной Америки, видите, здесь особая лекарственная лакричная бумага.

Пуаро кивнул, а комиссар сказал:

– Окурок и спичка могли принадлежать мосье Рено. Не забывайте, всего два года как он вернулся из Южной Америки.

– Нет, – уверенно сказал детектив. – Я уже осмотрел вещи мосье Рено. И сигареты и спички у него совсем другие.

– Удивительно, – заговорил Пуаро, – убийцы не запаслись ни орудием убийства, ни перчатками, ни лопатой – все будто специально было приготовлено для них здесь. Вам это не кажется странным?

Жиро снисходительно улыбнулся.

– Разумеется, это странно, однако все легко объяснить, если принять мою версию.

– Ага! – сказал мосье Отэ. – Сообщник в доме!

– Или вне его, – заметил Жиро с загадочной улыбкой.

– Но ведь кто-то впустил преступников в дом. Не можем же мы предположить, что дверь случайно оказалась незапертой? Не слишком ли большое везение?

– Нет, дверь открыли, но ведь ее могли открыть и снаружи, если у кого-то был ключ.

– И у кого же он мог быть?

Жиро пожал плечами.

– Тот, у кого есть ключ, никогда добровольно не признается в этом. Впрочем, его мог иметь и не один человек. Мосье Жак Рено, например. Он сейчас, правда, на пути в Южную Америку, но вполне вероятно, что он мог потерять свой ключ или у него этот ключ выкрали. Потом – садовник, он же служит здесь много лет. У какой-нибудь из молоденьких служанок наверняка есть возлюбленный. Снять слепок с ключа и выточить по нему новый – плевое дело. Словом, возможностей не счесть. Есть и еще одна особа, которая, по-моему, наверняка должна иметь ключ.

– Кто же это?

– Мадам Добрэй, – сказал сыщик.

– О! – воскликнул следователь. – Стало быть, вы и о ней знаете?

– Я знаю все, – невозмутимо изрек Жиро.

– Готов поклясться, что есть один факт, о котором вы не слышали, – сказал мосье Отэ, радуясь, что и он может щегольнуть осведомленностью. Он единым духом выложил все, что знал о таинственной ночной гостье и о чеке, выписанном на имя Дьювин, а напоследок протянул мосье Жиро письмо с подписью «Белла».

– Все это крайне интересно, но моя версия остается в силе.

– И какова же ваша версия?

– Пока не время ее оглашать. Ведь я еще только начинаю расследование.

– У меня имеется к вам один вопрос, мосье Жиро, – сказал вдруг Пуаро. – Ваша версия объясняет, как дверь была открыта. Но вот почему ее оставили незапертой – об этом ваша версия умалчивает. Уходя, преступники, естественно, должны были запереть дверь, разве не так? Если бы, например, как это порою случается, к дому подошел полицейский, чтобы убедиться, что все спокойно, преступников могли тотчас обнаружить и схватить.

– Черт возьми, да они забыли. Простая оплошность, ручаюсь.

И тут Пуаро, к моему удивлению, почти слово в слово произнес то, что мы с мосье Бексом уже слышали от него накануне:

– Я не согласен с вами. Дверь оставили открытой то ли умышленно, то ли по необходимости, и любая версия, в которую этот факт не укладывается, обязательно окажется ошибочной.

Мы все в изумлении воззрились на Пуаро. Ведь представив такие неопровержимые улики, как окурок и спичка, Жиро посрамил его, думал я, да и сам Пуаро как будто не отрицал этого. И вот, пожалуйста, ничуть не бывало: как всегда, очень довольный собой, мой друг поучает самого Жиро, не испытывая при этом ни малейшей робости.

Сыщик подкрутил усы, насмешливо поглядывая на Пуаро.

– Стало быть, вы не согласны со мной? Хорошо, тогда прошу – ваши соображения. Итак, мы вас слушаем.

– Видите ли, тут есть одно обстоятельство, которое представляется мне весьма значительным. Скажите, мосье Жиро, вы не усматриваете в этом деле чего-то очень знакомого? Оно вам ни о чем не напоминает?

– Знакомого? Не напоминает ли чего? Погодите, погодите... Впрочем, нет, не думаю.

– Значит, не помните, – спокойно сказал Пуаро. – А ведь некое преступление, удивительно похожее на это, уже было однажды совершено.

– Когда? Где?

– Вот этого, к сожалению, не могу сейчас сказать, но вспомню непременно. Я-то надеялся, что вы мне подскажете.

Жиро недоверчиво хмыкнул.

– Таких дел, где фигурируют преступники в масках, полно. Разве все их упомнишь? Все преступления более или менее схожи между собой.

– Но ведь существует же такое понятие, как индивидуальный почерк. – Пуаро, неожиданно взяв менторский тон, обратился к нам ко всем: – Я говорю о психологии преступления. Мосье Жиро, конечно же, известно, что каждый преступник имеет свой особый метод. Расследуется, скажем, случай ограбления, и нередко можно довольно точно представить себе портрет преступника на основании тех приемов, которыми он пользуется. (Джепп наверняка подтвердил бы вам мои слова, Гастингс.) Человек мыслит стереотипами, и неважно, живет ли он в рамках закона или преступает его, он действует соответственно своему характеру. Сколько бы он ни совершил преступлений, все они будут как две капли походить друг на друга. Классический случай – некий англичанин избавляется от своих жен, топя их в ванне[1]. Придумай он что-то другое, ему, вероятно, и по сей день удавалось бы избежать наказания. Но над ним тяготеет один из всеобщих законов человеческой психологии: преступник уверен – то, что сошло ему с рук однажды, удастся и второй раз, и третий. В результате он расплачивается за тривиальность своего мышления.

---

[1] Имеется в виду нашумевшее дело некоего Джорджа Джозефа Смита, который с целью завладения наследством избавился поочередно от трех своих жен, топя их в ванне.

– Что же из всего этого следует? – усмехнулся Жиро.

– А то, что если перед вами два преступления, весьма схожие по замыслу и исполнению, то за ними обоими обычно стоит один и тот же автор. Я ищу этого автора, мосье Жиро, и я найду его. Ключ к разгадке – в психологии преступника. Вы много чего знаете об окурках и спичках, мосье Жиро, а я, Эркюль Пуаро, знаю человеческую психологию.

На Жиро эти доводы, похоже, не произвели ни малейшего впечатления.

– Вот еще один факт, – продолжал Пуаро, – над которым стоит призадуматься. Часики мадам Рено на следующий день после убийства ушли вперед на два часа.

Мосье Жиро воззрился на него.

– Возможно, они всегда спешат?

– Говорят, действительно спешат.

– Ну, тогда все в порядке.

– И все равно, два часа – это уж слишком, – негромко заметил Пуаро. – А еще ведь эти следы на клумбе.

Он кивнул на открытое окно. Жиро устремился к окну.

– Но здесь нет никаких следов!

– Да, – невозмутимо отвечал Пуаро, поправляя стопку книг на столе. – Там их действительно нет.

Ярость исказила черты мосье Жиро. Пуаро, конечно, издевается над ним. Он двинулся было к ненавистному бельгийцу, но тут дверь отворилась, и Маршо доложил:

– Мосье Стонор, секретарь, только что прибыл из Англии. Он может войти?

Глава 10. Габриель Стонор

Человек, который вошел в гостиную, мог поразить любое воображение. Необыкновенно высокий, атлетического сложения, с бронзовым от загара лицом и шеей, он разительно выделялся среди всех собравшихся. По сравнению с ним даже Жиро выглядел слабым и анемичным. Познакомившись с ним ближе, я понял, что Габриель Стонор – совершенно необыкновенная личность. Англичанин по рождению, он исколесил весь земной шар. Он охотился в Африке, путешествовал по Корее, владел ранчо в Калифорнии, занимался коммерцией в Полинезии.

Его зоркий взгляд безошибочно выделил из собравшихся мосье Отэ.

– Полагаю, вы ведете следствие по этому делу? Рад познакомиться, сэр. Какое чудовищное преступление! Как мадам Рено? Как она перенесла этот удар? Для нее это ужасное потрясение.

– Ужасно, ужасно, – сказал мосье Отэ. – Позвольте представить – мосье Бекс, комиссар полиции, мосье Жиро из Сюртэ. Этот джентльмен – мосье Эркюль Пуаро. Мосье Рено вызвал его, но мосье Пуаро прибыл слишком поздно, непоправимое уже свершилось. Друг мосье Пуаро – капитан Гастингс.

Стонор с интересом посмотрел на Пуаро.

– Он что, правда вызвал вас?

– Стало быть, вы не знали, что мосье Рено намеревался вызвать детектива? – удивился мосье Бекс.

– Нет, не знал. Однако эта новость нисколько меня не удивляет.

– Почему?

– Старик был здорово напуган. Причина, правда, мне неизвестна. Он не посвящал меня в эти дела, мы с ним никогда о них не говорили. Но напуган он был насмерть.

– Гм! И у вас нет никаких соображений на этот счет? – спросил мосье Отэ.

– Именно так, сэр.

– Извините, мосье Стонор, но мы должны соблюсти некоторые формальности. Ваше имя?

– Габриель Стонор.

– Давно ли вы служите секретарем у мосье Рено?

– Около двух лет, с тех пор, как он приехал из Южной Америки. Я познакомился с ним через нашего общего приятеля, и мосье Рено предложил мне эту должность. Между прочим, как босс он был превосходен.

– Рассказывал ли он вам о своей жизни в Южной Америке?

– Да, и немало.

– Не знаете ли вы, мосье Рено приходилось бывать в Сантьяго?

– Думаю, не однажды.

– Не упоминал ли он о каком-нибудь случае, который произошел там и в результате которого кто-то пожелал бы отомстить мосье Рено?

– Никогда.

– Не говорил ли он о какой-либо тайне, связанной с пребыванием в Сантьяго?

– Нет. Насколько я помню, нет. Но тем не менее у него, видимо, было что скрывать. Я никогда не слышал, чтобы он говорил о своем детстве, например, или о каких-либо событиях своей жизни до приезда в Южную Америку. По происхождению он, кажется, канадский француз, но я никогда не слышал, чтобы он говорил о своей жизни в Канаде. Бывало, слова лишнего из него не вытянешь.

– Итак, насколько вам известно, врагов у него не было и вы не можете нам дать ключ к разгадке тайны его смерти?

– Да, именно так.

– Мосье Стонор, не приходилось ли вам слышать имя Дьювин в связи с мосье Рено?

– Дьювин… Дьювин… – задумчиво повторил он. – Нет, по-моему, не приходилось. Однако это имя почему-то мне знакомо.

– Знакома ли вам дама, которую зовут Белла? Она приятельница мосье Рено?

Мосье Стонор снова покачал головой.

– Белла Дьювин? Это полное ее имя? Интересно. Уверен, что слышал его. Но не могу припомнить, в какой связи.

Следователь кашлянул.

– Понимаете, мосье Стонор… тут такое дело… Какое-либо умолчание здесь недопустимо. Возможно, вы из деликатности щадите чувства мадам Рено, к которой, я знаю, вы питаете глубокое уважение и сострадание, но, возможно… в сущности… – промямлил мосье Отэ, окончательно запутавшись, – словом, тут не должно быть никаких умолчаний.

Стонор уставился на него, силясь уяснить, что он хотел сказать.

– Я не совсем понимаю, – медленно начал он. – При чем здесь мадам Рено? Я глубоко ее уважаю, сочувствую ей. Она удивительная, необыкновенная женщина. Но о каком умолчании вы говорите и какое это имеет к ней отношение?

– Что, если эта Белла Дьювин больше чем просто приятельница ее мужа, например?

– Ах, вот оно что! – воскликнул Стонор. – Понял. Но вы ошибаетесь, готов прозакладывать последний доллар. Уж что-что, а за юбками старик никогда не бегал. И жену свою он просто обожал. Более любящей пары в жизни не видел.

Мосье Отэ с сомнением покачал головой.

– Мосье Стонор, мы располагаем неопровержимыми доказательствами – любовным письмом, написанным Беллой к мосье Рено, она упрекает его в том, что он охладел к ней. Более того, у нас есть доказательства, что незадолго до смерти он завел интрижку с француженкой, некой мадам Добрэй, которая арендует соседнюю виллу.

Стонор прищурился.

– Постойте-ка, вы забрали не туда. Я хорошо знаю Поля Рено. То, что вы говорите, – категорически невозможно. Тут должно быть другое объяснение.

Следователь пожал плечами.

– Какое же тут другое объяснение?

– Что именно навело вас на мысль о любовной связи?

– Мадам Добрэй имела обыкновение навещать мосье Рено по вечерам. К тому же, с тех пор как он поселился здесь, мадам Добрэй положила на свой банковский счет крупные суммы денег. В общей сложности, если перевести в английские фунты, получится четыре тысячи.

– Вот это верно, – спокойно согласился Стонор. – Я сам переводил ей эти суммы наличными по его требованию. Но любовной связи между ними не было.

– А что же это было?

– Шантаж, – отрезал Стонор, хлопнув рукой по столу. – Вот что это было!

– О! – вскричал потрясенный следователь.

– Шантаж, – повторил Стонор. – У старика просто вымогали деньги – да как ловко! Четыре тысячи всего за пару месяцев! Вот так! Я ведь говорил вам только что – ему есть что скрывать. Очевидно, эта мадам Добрэй что-то знает, вот и давила на старика.

– А ведь вполне возможно! – возбужденно вскричал комиссар. – Вполне возможно!

– Возможно, вы говорите? – прогремел Стонор. – Не возможно, а точно. Скажите, вы спрашивали мадам Рено, что она думает об этой любовной истории, которую вы придумали?

– Нет, мосье. Мы старались не причинять ей лишних страданий.

– Страданий? Да она бы посмеялась над вами. Говорю вам, они с Рено были такой парой, каких разве одна на сотню сыщется.

– Да, кстати, еще один вопрос, – спохватился мосье Отэ. – Мосье Рено посвятил вас в свои планы относительно завещания?

– Да, тут я целиком в курсе: когда мосье Рено составил завещание, я сам отправлял его нотариусу. Могу сообщить вам фамилии его поверенных, и вы ознакомитесь с содержанием этого документа. Завещание хранится у них. Там все просто: половина состояния переходит к мадам Рено в пожизненное пользование, вторая половина – сыну. Разным другим лицам завещаны мелкие суммы. Помнится, мне он оставил тысячу фунтов.

– Когда было написано это завещание?

– Ну, примерно года полтора назад.

– Вы будете очень удивлены, мосье Стонор, но менее чем две недели назад мосье Рено составил новое завещание.

Стонор и впрямь был изумлен.

– Понятия не имел об этом. И каково же оно?

– Все свое огромное состояние он оставил жене. О сыне даже и не упоминается.

Мистер Стонор протяжно свистнул.

– По-моему, довольно жестоко по отношению к парню. Мать, разумеется, обожает его, но в глазах остальных выходит, что мосье Рено не доверял сыну. Конечно, это уязвит самолюбие Жака. Однако такой поворот дела лишний раз доказывает, что я прав: у супругов были прекрасные отношения.

– Возможно, возможно, – сказал мосье Отэ. – Наверное, нам придется кое-что пересмотреть в этом деле. Разумеется, мы телеграфировали в Сантьяго и с минуты на минуту ждем ответа. Думаю, тогда многое прояснится. С другой стороны, если подтвердится факт шантажа, мадам Добрэй придется дать объяснения.

Неожиданно Пуаро тоже включился в разговор.

– Мосье Стонор, а что Мастерс, шофер-англичанин, давно служит у мосье Рено?

– Больше года.

– Как вы думаете, он бывал когда-нибудь в Южной Америке?

– Уверен, что нет. Перед тем как перейти к мосье Рено, он много лет служил в Глостершире[1] у моих близких знакомых.

– Вы можете поручиться, что он вне подозрений?

– Безусловно.

Казалось, его ответ несколько разочаровал Пуаро.

Тем временем следователь вызвал Маршо.

– Передайте поклон мадам Рено и скажите, что я прошу уделить мне несколько минут. Пусть она не утруждает себя. Я поднимусь наверх и подожду ее там.

Маршо взял под козырек и вышел.

А несколько минут спустя дверь отворилась, и, к нашему удивлению, мадам Рено, мертвенно-бледная, в глубоком трауре, предстала перед нами.

Мосье Отэ подвинул ей кресло, бурно выражая огорчение по поводу того, что мадам потревожила себя, спустившись вниз. Мадам Рено улыбкой поблагодарила его. Стонор в порыве сочувствия обеими руками сжал ее руку. Что-либо вымолвить он, видимо, просто не мог. Мадам Рено обратилась к мосье Отэ:

– Вы хотели о чем-то меня спросить?

– С вашего разрешения, мадам. Насколько мне известно, ваш муж по рождению был канадский француз. Не могли бы вы рассказать, как прошла его юность, какое он получил воспитание, где учился?

Она покачала головой.

– Мой муж был очень сдержан и никогда не рассказывал о себе, мосье. Родился он где-то на Северо-Западе; детство, по-моему, у него было тяжелое и несчастливое, и он старался не вспоминать о тех временах. Мы были счастливы настоящим, и у нас было будущее.

– Не было ли у него в прошлом какой-нибудь тайны?

Мадам Рено улыбнулась и покачала головой.

– Нет, мосье, ничего… романтического, я уверена.

Мосье Отэ тоже улыбнулся.

---

[1] Глостершир – графство на западе центральной части Англии.

– И впрямь, не стоит нам впадать в мелодраму. Правда, тут есть одно обстоятельство… – Он запнулся.

Стонор поспешно перебил его:

– Видите ли, мадам Рено, у них родилась чрезвычайно нелепая мысль. Они вообразили, что мосье Рено завел интрижку с некой мадам Добрэй, которая, кажется, живет тут неподалеку.

Краска бросилась в лицо мадам Рено. Она вскинула голову, но потом прикусила губу, лицо ее болезненно передернулось. Стонор удивленно уставился на нее, а мосье Бекс, подавшись вперед, вкрадчиво заговорил:

– Весьма сожалею, мадам, что приходится причинять вам страдания, но прошу ответить мне: есть ли у вас основания предполагать, что мадам Добрэй была возлюбленной вашего мужа?

Судорожно всхлипнув, мадам Рено закрыла лицо руками. Плечи ее вздрагивали. Потом она подняла голову и сокрушенно сказала:

– Да, возможно.

В жизни своей не видел такого изумления, как на лице у Стонора. Похоже, он был сражен наповал.

Глава 11. Жак Рено

Трудно сказать, какой оборот принял бы наш разговор, ибо в этот самый миг дверь резко распахнулась и в гостиную быстрыми шагами вошел высокий незнакомец.

На мгновение мистический ужас охватил меня – мне показалось, что ожил покойный мосье Рено. Но я тут же сообразил, что в его темных волосах нет седины и что этот стремительно ворвавшийся незнакомец еще очень молод, почти мальчик. Он бросился к мадам Рено с пылкой непосредственностью, точно не замечая нашего присутствия.

– Матушка!

– Жак! – вскрикнула мадам Рено, заключая его в объятия. – Мой ненаглядный! Откуда ты взялся? Ты же должен был еще позавчера отплыть из Шербура на «Анзоре»? – Вспомнив вдруг о нашем присутствии, мадам Рено сказала с присущим ей сдержанным достоинством: – Мой сын, господа.

– О! – воскликнул мосье Отэ, раскланиваясь с молодым человеком. – Стало быть, вы не отплыли на «Анзоре»?

– Нет, мосье. Я как раз хотел объяснить, что отплытие «Анзоры» задержали на сутки – какие-то неполадки в двигателе. Мы могли бы отплыть не позавчера, а только вчера вечером. Но из вечерней газеты я узнал о трагедии, постигшей нас... – Он осекся, на глаза навернулись слезы. – Бедный отец... бедный, бедный отец.

Уставившись на него немигающим взглядом, мадам Рено повторила, точно во сне:

– Так ты не уехал? – Потом, махнув рукой со смертельно усталым видом, она проговорила будто про себя: – Впрочем, теперь уже все равно...

– Садитесь, мосье Рено, прошу вас, – сказал мосье Отэ, указывая на кресло. – Поверьте, я глубоко сочувствую вам. Понимаю, какой это для вас удар. Тем не менее очень удачно, что вы не успели отплыть.

Надеюсь, вы не откажетесь сообщить нам все, что вам известно, чтобы пролить свет на эту ужасную трагедию.

– Я к вашим услугам, мосье. Готов ответить на все ваши вопросы.

– Для начала я хотел бы узнать вот что. Вы отправились в Южную Америку по настоянию отца?

– Совершенно верно, мосье. Я получил телеграмму, в которой мне предписывалось без промедления отбыть в Буэнос-Айрес, затем через Анды в Вальпараисо[1] и дальше в Сантьяго.

– Вот как! Какова же цель этой поездки?

– Понятия не имею.

– Не знаете?

– Не знаю. Вот телеграмма. Прочтите сами.

Следователь взял ее и прочел вслух:

– «Немедленно сегодня отправляйся Шербура „Анзорой" Буэнос-Айрес. Конечный пункт назначения Сантьяго. Дальнейшие указания получишь Буэнос-Айресе. Постарайся не опоздать. Дело чрезвычайной важности. Рено». И неужели раньше об этом не было речи?

Жак Рено покачал головой.

– Нет, никогда. Единственное сообщение, полученное мною от отца, – это телеграмма. Разумеется, мне известно, что у отца, долго жившего за границей, есть крупные капиталовложения в Южной Америке. Но он никогда раньше не заговаривал со мной о подобной поездке.

– Вы, конечно, довольно долго прожили в Южной Америке, мосье Рено?

– Да, еще ребенком. Но потом я уехал учиться в Англию и даже на каникулы оставался там, поэтому мало что знаю о Южной Америке. Ну а потом началась война, мне было тогда семнадцать.

– Вы служили в Королевской авиации, не так ли?

---

[1] Анды – горная система, протянувшаяся с севера на юг вдоль западного, Тихоокеанского побережья Южной Америки и являющаяся самой длинной и одной из самых высоких на земле; Вальпараисо – город и морской порт в Чили.

– Да, мосье.

Мосье Отэ кивнул и стал задавать юноше привычные вопросы, которые мы не раз уже слышали. Жак Рено заявил, что ему решительно ничего не известно ни о каких врагах мосье Рено, ни в Сантьяго, ни где-либо еще в Южной Америке, что никаких перемен в отце в последнее время он не замечал и о «секретных документах» отец при нем не упоминал. Сам Жак Рено считает, что его несостоявшаяся поездка в Южную Америку должна была носить чисто деловой характер.

Как только мосье Отэ немного замешкался, раздался спокойный голос Жиро:

– Я тоже хотел бы задать несколько вопросов, господин судебный следователь.

– Разумеется, мосье Жиро, как вам угодно, – холодно отозвался мосье Отэ.

Жиро придвинулся к столу.

– Хорошие ли отношения были у вас с отцом, мосье Рено?

– Естественно, – надменно отрезал молодой человек.

– Вы решительно настаиваете на этом?

– Да.

– И никаких размолвок между вами не случалось, а?

Жак пожал плечами.

– Иногда наши взгляды не совпадали. Это же обычное дело.

– Вот именно, вот именно. И если бы кто-то стал уверять, что накануне отъезда в Париж вы с отцом крупно поссорились, то, разумеется, вы бы сказали, что он лжет?

Я невольно восхищался Жиро. Его самоуверенное «я знаю все» не было пустым хвастовством. У Жака Рено его вопрос явно вызвал замешательство.

– Мы… мы действительно поспорили, – признался он.

– О! Поспорили! И в ходе этого спора вы сказали: «Когда ты умрешь, я смогу делать что захочу»?

– Может, и сказал, – пробормотал Жак, – не помню.

– В ответ отец крикнул: «Но я пока еще жив!», так? На что вы ответили: «Очень жаль!»

Молодой человек молчал, нервно барабаня по столу пальцами.

– Настоятельно прошу ответить на мой вопрос, мосье Рено, – твердо отчеканил Жиро.

Молодой человек смахнул со стола тяжелый нож для разрезания бумаги и гневно закричал:

– Разве это имеет какое-нибудь значение? Вы же сами понимаете! Да, я действительно поссорился с отцом. Не буду отрицать, я много чего наговорил ему! Не могу даже вспомнить, что именно я нес. Меня тогда охватила дикая ярость – в тот момент я, наверное, мог бы убить его! Вот, пожалуйста! – Он с вызывающим видом откинулся в кресле, весь красный от негодования.

Жиро улыбнулся, снова отодвинулся от стола и сказал:

– Вот и все. Вы, разумеется, продолжите допрос, мосье Отэ.

– Да, непременно, – сказал мосье Отэ. – Какова же была причина вашей ссоры?

– Предпочел бы не отвечать на этот вопрос.

Мосье Отэ встал.

– Мосье Рено, не следует шутить с законом! – прогремел он. – Итак, какова была причина вашей ссоры?

Молодой Рено упорно молчал, его мальчишеское лицо стало замкнутым и угрюмым. Тишину нарушил невозмутимый голос Эркюля Пуаро.

– Я отвечу на этот вопрос, если вы не возражаете, мосье, – доброжелательно сказал он.

– Разве вы знаете?..

– Конечно, знаю. Причиной ссоры была мадемуазель Марта Добрэй.

Пораженный Рено вскочил с места. Следователь подался вперед.

– Это правда, мосье?

Жак Рено наклонил голову.

– Да, – выдавил он. – Я люблю мадемуазель Добрэй и хочу жениться на ней. Когда я сказал об этом отцу, он пришел в ярость. Понятно, я не мог спокойно слушать, как он оскорбляет девушку, которую я люблю, и тоже вышел из себя.

Мосье Отэ обратился к мадам Рено:

– Вы знали об этой… привязанности вашего сына, мадам?

– Я этого опасалась, – ответила она просто.

– Мама! – крикнул молодой человек. – И ты тоже! Марта столь же добродетельна, сколь и прекрасна. Чем она тебе не нравится?

– Я ничего не имею против нее. Но я бы предпочла, чтобы ты женился на англичанке, а не на француженке. К тому же у ее матери весьма сомнительное прошлое!

В ее голосе откровенно звучала ненависть к мадам Добрэй, и я прекрасно понимал, как горько она страдает оттого, что единственный сын влюблен в дочь ее соперницы.

Обратившись к следователю, мадам Рено продолжала:

– Вероятно, мне следовало бы обсудить все это с мужем, но я надеялась, что полудетская привязанность Жака к этой девушке угаснет сама собою – и тем скорее, чем меньше значения придавать ей. Теперь я виню себя за это молчание, но муж, как я уже говорила, был в последнее время удручен и озабочен, так не похож на себя самого, что я просто не могла нанести ему еще и этот удар.

Мосье Отэ кивнул.

– Когда вы сказали отцу о ваших намерениях относительно мадемуазель Добрэй, – продолжал он, – ваш отец удивился?

– Он был просто ошеломлен. Потом приказал мне тоном, не терпящим возражений, выбросить эту мысль из головы. Он никогда не даст согласия на наш брак, сказал он. Крайне уязвленный, я спросил его, чем ему не нравится мадемуазель Добрэй. Он так и не дал мне вразумительного ответа, туманно намекал на какую-то тайну, окружающую мать и дочь. Я отвечал, что женюсь на Марте, а прошлое ее матери меня не интересует. Тогда отец стал кричать, что вообще не желает больше обсуждать эту тему и что я должен отказаться от своей затеи. Такая ужасная несправедливость, такой деспотизм просто взбесили меня, особенно, может быть, потому, что сам он всегда был предупредителен с мадам Добрэй и Мартой и не раз говорил, что надо бы пригласить их к нам. Я совсем потерял голову, и мы всерьез поссорились. Отец кричал, что я целиком завишу от него, и тут, должно быть, я и сказал, что все равно сделаю по-своему, когда его не станет…

Пуаро вдруг перебил его:

– Значит, вы знаете, что говорится в завещании?

– Знаю, что половину своего состояния он оставил мне, а вторую половину – матушке, с тем чтобы после ее смерти я наследовал ее часть, – ответил молодой человек.

– Продолжайте же, – напомнил ему следователь.

– Потом мы кричали друг на друга, мы оба были уже в совершенно невменяемом состоянии, и тут я вдруг спохватился, что могу опоздать на поезд. Мне пришлось бегом бежать до самой станции. Поначалу я был вне себя от ярости, но вдали от дома гнев мой постепенно остыл. Я написал Марте о том, что произошло между мной и отцом, и ее ответ еще больше успокоил меня. Она писала, что мы должны быть стойкими и в конце концов отец перестанет противиться нашему браку. Нам надо проверить свое чувство и убедиться, что оно глубоко и неизменно. И когда мои родители поймут, что с моей стороны это не просто увлечение, они, конечно же, смягчатся. Разумеется, я не вдавался в подробности по поводу главной причины, которую выдвигал отец против нашего брака. Но скоро я и сам понял, что грубая сила – плохой помощник в таком деле.

– Что ж, перейдем теперь к другому вопросу. Скажите, мосье Рено, имя Дьювин вам знакомо?

– Дьювин? – повторил Жак. – Дьювин? – Он нагнулся и не спеша подобрал с пола нож, который прежде смахнул со стола. Он поднял голову и поймал на себе пристальный взгляд Жиро. – Дьювин? Нет, по-моему, незнакомо.

– Не желаете ли прочесть письмо, мосье Рено? Тогда, может быть, вам придут в голову какие-либо соображения насчет того, кто мог бы написать такое письмо вашему отцу.

Жак Рено взял письмо, быстро пробежал его, и краска залила его лицо.

– Оно адресовано отцу? – взволнованно спросил он. Голос его дрожал от возмущения.

– Да. Мы нашли письмо в кармане, в его плаще.

– А... – Он осекся, метнув взгляд на мадам Рено.

Следователь понял, что он хотел спросить, и ответил:

– Пока – нет. Не догадываетесь ли вы, кто автор письма?

– Нет, понятия не имею.

Мосье Отэ вздохнул:

– Невероятно загадочное дело. Ну что ж, отложим пока письмо. Итак, на чем мы остановились? Ах да, орудие убийства. Боюсь невольно причинить вам боль, мосье Рено. Я знаю, вы подарили этот нож вашей матушке. Очень печально... просто ужасно...

Жак Рено подался вперед. Его лицо, пылавшее, когда он читал письмо, теперь стало белым как мел.

– Вы говорите... отец был... был убит ножом из авиационной стали? Нет, невозможно! Это же маленький, почти игрушечный ножик!

– Увы, мосье Рено, такова горькая правда! Этот игрушечный ножик оказался прекрасным оружием. Остер как бритва, а черенок так удобно ложится в руку.

– Где он? Можно мне посмотреть? Он что, все еще в... теле?

– О нет, конечно. Его вынули. Вы действительно хотите посмотреть? Чтобы удостовериться? Что ж, это возможно, хотя мадам Рено его уже опознала. Мосье Бекс, могу я вас побеспокоить?

– Конечно. Я тотчас схожу за ним.

– Может быть, лучше проводить мосье Рено в сарай? – вкрадчиво предложил Жиро. – Он, вероятно, захочет увидеть отца.

Молодой человек содрогнулся и отчаянно замотал головой. Следователь, который всегда был не прочь досадить Жиро, ответил:

– Пока не надо… потом, может быть. Мосье Бекс, будьте так любезны, принесите сюда нож.

Комиссар вышел из гостиной. Стонор подошел к Жаку и стиснул его плечо. Пуаро поднялся и стал передвигать подсвечники, стоявшие не совсем симметрично, – они давно уже не давали ему покоя. Следователь снова и снова перечитывал таинственное любовное послание в надежде найти подтверждение своей первоначальной версии – убийство на почве ревности.

Вдруг дверь с грохотом распахнулась и в гостиную ворвался комиссар.

– Господин следователь! Господин следователь!

– Ну? В чем дело?

– Ножа там нет!

– Как это – нет?

– Исчез. Испарился. Стеклянная банка, в которой он лежал, пуста!

– Что? – закричал я. – Не может быть! Ведь сегодня утром я видел… – Слова замерли у меня на языке.

Все, кто был в гостиной, уставились на меня.

– Что вы такое говорите? – вскричал комиссар. – Сегодня утром?

– Я видел его там сегодня утром, – сказал я медленно. – Около полутора часов назад, если говорить более точно.

– Стало быть, вы входили в сарай? Где вы взяли ключ?

– Попросил у полицейского.

– И вы входили туда? Зачем?

Я замялся было, но потом решил, что самое лучшее, что я могу сделать, – это чистосердечно признаться во всем.

– Мосье Отэ, – заявил я, – я совершил серьезный проступок и теперь считаю своим долгом покаяться в нем и просить вашего снисхождения.

– Да говорите же, мосье.

– Дело в том, что, – начал я, ощущая непреодолимое желание провалиться сквозь землю, – я встретил девушку, мою знакомую. Ей очень хотелось увидеть все собственными глазами, и я… ну, в общем, я взял ключ и показал ей покойного мосье Рено.

– О! – воскликнул следователь вне себя от негодования. – Вы действительно совершили серьезный проступок, капитан Гастингс. Это грубейшее нарушение! Как вы могли на это решиться!

– Знаю, – смиренно сказал я. – И готов выслушать самое суровое осуждение.

– Надеюсь, не вы пригласили приехать сюда эту девушку?

– Конечно, нет. Я встретил ее совершенно случайно. Она англичанка, а сейчас живет здесь, в Мерлинвиле, но я об этом ничего не знал, пока сегодня утром нечаянно не встретился с ней.

– Ну, ладно, ладно, – сказал следователь, смягчаясь. – Конечно, это против всяких правил, но девушка, должно быть, молода и недурна собою. Ах, молодость, молодость! – меланхолически вздохнул он.

Но комиссар, менее романтическая личность, и не думал отступать:

– Но разве вы не заперли дверь на замок, когда уходили?

– В том-то и дело, – нехотя признался я. – Не могу этого себе простить. Моей приятельнице стало дурно, она чуть было не потеряла сознание. Я дал ей бренди с водой и настоял на том, чтобы проводить ее обратно в город. В волнении я забыл запереть дверь и спохватился, только когда вернулся на виллу.

– Стало быть, минут двадцать, по крайней мере… – проговорил комиссар медленно и не закончил фразы, ибо и так было ясно, что он думает по этому поводу.

– Совершенно верно, – сказал я.

– Двадцать минут, – многозначительно повторил комиссар.

– Прискорбно, – сказал мосье Отэ, снова становясь суровым. – Неслыханно!

Тут внезапно вмешался мосье Жиро:

– Вы считаете, что это прискорбно?

– Конечно.

– А я считаю, что превосходно, – заявил мосье Жиро.

Вот уж в ком не рассчитывал найти союзника!

– Вы говорите «превосходно», мосье Жиро? – переспросил следователь, искоса бросая на сыщика недоверчивый взгляд.

– Вот именно.

– Это почему же, позвольте полюбопытствовать?

– Потому что теперь нам известно, что убийца или его сообщник всего час назад еще находился здесь, рядом. Странно будет, если мы, зная это, не схватим его в самом скором времени. – Мосье Жиро говорил решительно и безапелляционно. – Он сильно рисковал, стараясь заполучить нож. Возможно, опасался, что на нем остались отпечатки пальцев.

Пуаро повернулся к Бексу:

– Вы ведь говорили, что их нет?

Жиро пожал плечами.

– Видимо, убийца не был в этом уверен.

Пуаро взглянул на него.

– Ошибаетесь, мосье Жиро. Убийца был в перчатках. Значит, он-то был уверен, что отпечатков на ноже нет.

– Я же не утверждаю, что нож взял сам убийца. Возможно, это был его сообщник, который про перчатки и не знал.

Помощник следователя собирал со стола бумаги. Мосье Отэ обратился к нам:

– Итак, мы свою работу выполнили. Может быть, мосье Рено, вы желаете, чтобы вам зачитали ваши показания. Я намеренно придерживался неофициального тона, насколько, разумеется, позволительно при судебном разбирательстве. Меня обвиняют в либерализме, но я готов снова подтвердить: мои методы оправдывают себя. Теперь это дело в руках нашего талантливого, нашего прославленного мосье Жиро. Тут уж он, без сомнения, покажет, на что способен. Право, я удивлен, что убийцы до сих пор гуляют на свободе! Мадам, позвольте еще раз выразить вам мои искренние соболезнования. Мосье, желаю вам всего наилучшего.

И следователь отбыл в сопровождении помощника и комиссара полиции.

Пуаро вытащил свои часы-луковицу.

– Давайте, мой друг, вернемся в гостиницу и пообедаем, – сказал он. – А вы подробно расскажете мне о ваших утренних безрассудствах. Никто не обращает на нас внимания, и мы можем уйти не прощаясь.

Мы тихо вышли из комнаты. Следователь только что отъехал на своем автомобиле. Я стал было спускаться, но Пуаро остановил меня:

– Одну минутку, мой друг.

Он проворно извлек из кармана рулетку и с самым серьезным видом принялся измерять длину плаща, висевшего в холле. Прежде этого плаща я здесь не видел. Вероятно, он принадлежит мистеру Стонору или Жаку Рено, подумал я.

Удовлетворенно хмыкнув, Пуаро сунул рулетку в карман и вслед за мной вышел из дома.

Глава 12. Пуаро приподнимает завесу тайны

– Зачем вы обмеряли плащ? – спросил я, мучимый любопытством, когда мы неторопливо вышли на белую, нагретую солнцем дорогу.

– *Parbleu!* Чтобы узнать его длину, – невозмутимо ответил Пуаро.

Черт возьми! Невыносимая привычка Пуаро из каждого пустяка делать тайну никогда еще так не досаждала мне. Я снова замолчал и отдался течению собственных мыслей. Слова мадам Рено, обращенные к сыну, которым я тогда не придал особого значения, вдруг снова пришли мне на ум, наполненные новым смыслом. «Так ты не уехал, – сказала она, а потом добавила: – Впрочем, теперь уже все равно».

Интересно, что она хотела этим сказать? Слова загадочные, полные какого-то тайного смысла. Может ли быть, что она знает больше, чем мы думаем? Говорит, ей ничего не известно о том, что мосье Рено доверил сыну секретное поручение. Неужели она и впрямь ничего больше не знает или только притворяется? Наверное, она могла бы раскрыть нам глаза, если бы захотела. Но что означает ее молчание? Не есть ли это часть тщательно продуманного плана?

Чем дольше я думал об этом, тем более убеждался в основательности своих подозрений. Мадам Рено знает больше, чем находит нужным сказать нам. Своим удивлением при виде сына она выдала себя, на миг вышла из начертанной заранее роли. Уверен, ей известно, почему совершено убийство, а может быть, она знает и имена убийц. Но какие-то веские причины вынуждают ее хранить молчание.

– Вы так глубоко задумались, мой друг, – заметил Пуаро, нарушая молчание. – Что занимает ваши мысли?

Я изложил ему свои соображения, на мой взгляд довольно убедительные, хотя и опасался, что он поднимет меня на смех вместе с моими подозрениями. Но, как ни странно, он понимающе кивнул.

– Вы совершенно правы, Гастингс. Я с самого начала был уверен – она что-то скрывает. На первых порах я даже заподозрил, что если преступление и не ее рук дело, то, уж во всяком случае, она ему потворствовала.

– Вы подозревали ее? – вскричал я.

– Ну конечно. Смерть мосье Рено в первую очередь выгодна ей – ведь по новому завещанию она единственная, кто наследует это огромное состояние. Поэтому мадам Рено с самого начала привлекла мое особое внимание. Наверное, вы заметили, что я при первой же возможности внимательно рассмотрел ее руки, вернее, запястья. Я хотел узнать, не сама ли она засунула себе в рот кляп и связала себя. *Eh bien,* я сразу увидел – обмана здесь нет, веревки были затянуты так туго, что врезались в тело. Значит, своими руками она не могла совершить это преступление, однако, возможно, она косвенно способствовала ему, например подстрекала к убийству своего сообщника. Более того, история, рассказанная ею, знакома мне как свои пять пальцев: неизвестные в масках, которых она не смогла бы опознать, «секретные документы» – все это уже в зубах навязло. И еще одна мелочь утвердила меня в мысли, что она лжет. Часики, Гастингс, ее часики.

Опять эти часы! Пуаро выжидательно смотрел на меня.

– Ну, мой друг, догадываетесь? Понимаете?

– Нет! – раздраженно ответил я. – И не догадываюсь, и не понимаю. Вы своими головоломками все время ставите меня в тупик. Никогда толком ничего не объясните, сколько ни проси. До самого последнего момента играете в прятки.

– Не сердитесь, мой друг, – сказал с улыбкой Пуаро. – Если хотите, я объясню. Но ни слова Жиро, *c'est entendu?*[1] Я для него – выживший из ума старик, которого и в расчет брать не стоит! Но мы еще посмотрим! Из чувства элементарной порядочности я дал ему намек. Если он не желает им воспользоваться, это его личное дело.

Я заверил Пуаро, что он может положиться на мою сдержанность.

---

[1] Договорились? (фр.)

– *C'est bien!*[1] Ну а теперь давайте заставим поработать наши серые клеточки. Скажите, мой друг, в котором часу, по-вашему, произошла трагедия?

– Как в котором? В два или около того, – ответил я, удивленный таким вопросом. – Вы ведь помните, мадам Рено говорила, что она слышала, как часы пробили два раза, когда убийцы были в комнате.

– Совершенно верно, и вы, и следователь, и Бекс, и все остальные приняли слова мадам Рено на веру. Но я, Эркюль Пуаро, утверждаю, что мадам Рено лжет. Преступление было совершено по меньшей мере двумя часами раньше.

– Но доктора...

– Они объявили, осмотрев тело, что смерть наступила часов семьдесять назад. *Mon ami,* по какой-то причине кому-то необходимо уверить нас, что преступление произошло двумя часами позже, чем на самом деле. Вам, конечно, приходилось читать о том, как по разбитым часам устанавливают точное время преступления? И вот, чтобы подкрепить показания мадам Рено, кто-то переводит стрелки ее часиков на два часа, а потом с силой швыряет их об пол! Но, как часто случается, преступник сам себя перехитрил. Стекло разбилось, а механизм оказался цел. Да, это роковая оплошность с его стороны, ибо она сразу же позволила мне сделать два вывода: во-первых, мадам Рено лжет, во-вторых, преступникам позарез нужны были эти два часа.

– Интересно, зачем?

– О, в этом-то и вопрос, в этом вся загадка. Покуда я не могу этого объяснить. Правда, есть у меня одно соображение...

– Какое же?

– Последний поезд отправляется из Мерлинвиля семнадцать минут первого.

Постепенно что-то начинало брезжить в моем сознании.

– Стало быть, если считать, что преступление совершено в два часа, то любой пассажир этого поезда обеспечен безупречным алиби!

– Прекрасно, Гастингс! Вы попали в точку!

---

[1] Хорошо (фр.).

Я так и подпрыгнул.

– Надо немедленно навести справки на станции! Уверен, там не могли не заметить двух иностранцев, которые сели на этот поезд! Мы должны сию же минуту бежать туда!

– Вы так считаете?

– Ну, разумеется. Пойдемте же скорее!

Пуаро умерил мой пыл, коснувшись моей руки:

– Идите, бога ради, если вам так хочется, *mon ami,* но на вашем месте я не стал бы расспрашивать там о каких-то двух иностранцах.

Я вытаращил глаза, и он, теряя терпение, пояснил:

– Ну-ну, неужели вы верите этому вздору? Неизвестные в масках и прочая чепуха! Чего только нет в *cette histoire la!*[1]

Его слова так ошеломили меня, что я даже не нашелся что ответить. А он уже невозмутимо продолжал:

– Разве вы не слышали, как я сказал Жиро, что кое-какие подробности этого дела показались мне очень знакомыми? *Eh bien,* значит, можно предположить два варианта: оба преступления задумал и совершил один и тот же человек, или же наш убийца прочел когда-то сообщение о *cause celebre*[2] и в его подсознании запечатлелись все детали этого дела. Какую из этих двух возможностей предпочесть, я смогу сказать, только когда… – Тут он осекся.

Я перебирал в уме все, что так или иначе касалось преступления.

– Но как же письмо мосье Рено? Он ведь упоминает и о тайне, и о Сантьяго.

– Безусловно, мосье Рено окружала какая-то тайна – тут никаких сомнений быть не может. А Сантьяго, по-моему, специально нам подбросили, чтобы пустить следствие по ложному следу. Возможно, тот же трюк проделали и с мосье Рено, чтобы отвлечь его внимание от чего-то важного, что происходило у него под носом. О, будьте уверены, Гастингс, опасность, угрожавшая ему, исходила не из Сантьяго, она была здесь, во Франции, совсем рядом.

---

[1] Этой нашей истории! (фр.)

[2] Нашумевшее дело (фр.).

Он говорил так твердо, так убежденно, что я просто не мог не поверить ему. Правда, я попытался было выставить последний довод:

– А спичка и окурок, найденные рядом с трупом? Как же быть с ними?

Лицо Пуаро засветилось от удовольствия.

– Подброшены! Подброшены специально для таких, как Жиро и вся их шатия! О, он такой находчивый, наш Жиро, он так искусно идет по следу! Ни дать ни взять ищейка. А как доволен собой! Часами ползает на брюхе. «Смотрите, что я нашел!», а потом: «Что вы здесь видите?» А я – я отвечаю чистую правду: «Ничего!» И Жиро, наш прославленный Жиро смеется и думает про себя: «Господи, вот глупый старикашка!» Но мы еще посмотрим…

Однако мои мысли все время возвращались к загадочным обстоятельствам этого дела.

– Стало быть, вся эта история об иностранцах в масках?..

– Ложь от начала до конца.

– А что же было на самом деле?

Пуаро пожал плечами:

– Этого никто не знает, кроме мадам Рено. Но она ничего не скажет. Ее не проймешь ни мольбами, ни угрозами. Это редкая, необыкновенная женщина, Гастингс. Я как только ее увидел, сразу понял, что дело придется иметь с незаурядной личностью. Вначале, как я уже говорил, мои подозрения пали на нее, я было предположил, что она замешана в преступлении, но потом переменил свое мнение.

– Что же толкнуло вас к этому?

– Искренний, неподдельный взрыв отчаяния в тот момент, когда она увидела тело мужа. Могу поклясться, в этом крике звучала самая настоящая, душераздирающая боль.

– Да, – сказал я задумчиво, – тут невозможно ошибиться.

– Прошу прощения, мой друг, но ошибиться можно всегда. Возьмите великую актрису, она вам так сыграет горе и отчаяние, что вы не усомнитесь в их подлинности! Нет уж, даже самое свое сильное и, казалось бы, безошибочное впечатление я непременно подвергаю проверке и только тогда чувствую себя удовлетворенным. Незаурядный преступник может быть и незаурядным актером. В данном случае моя уверенность основана не только на моих собственных ощущениях, но и на бесспорном факте – ведь мадам Рено и впрямь лишилась сознания. Я поднял веко и проверил пульс. Никакого обмана – мадам Рено пребывала в глубоком обмороке. Итак, я убедился, что ее горе – подлинное, а не напускное. Кроме того, небезынтересна еще одна деталь – у мадам Рено не было никакой необходимости выказывать безутешную печаль. Ведь у нее уже случился припадок, когда она узнала о смерти мужа, и можно было не симулировать обморок при виде тела. Нет, мадам Рено не убивала своего мужа. Но почему она лжет? То, что она говорит о своих часах, – ложь, о неизвестных в масках, – ложь. И это еще не все – она солгала и в третий раз. Скажите, Гастингс, что вы думаете по поводу незапертой двери?

– Ну-у, – начал я растерянно, – полагаю, это оплошность. Ее просто забыли запереть.

Пуаро со вздохом покачал головой.

– Так же говорит и Жиро. Меня это объяснение не удовлетворяет. Эта дверь играет важную роль, какую – пока еще не могу постичь. Однако я совершенно уверен в одном – убийцы вышли из дома не через дверь. Они вылезли в окно.

– Как?

– А вот так.

– Но ведь под этим окном на клумбе нет никаких следов.

– Нет… но они должны были там быть. Послушайте, Гастингс, Огюст, садовник, как вы сами слышали, сказал, что вчера вечером посадил герань на обеих клумбах. На одной из них – полно следов от его больших, подбитых гвоздями сапог, а на другой – ни одного! Понимаете? Кто-то прошел по этой клумбе и, чтобы стереть свои следы, разровнял землю граблями.

– А где они взяли грабли?

– А где они взяли лопату и садовые перчатки? – нетерпеливо возразил Пуаро. – Раздобыть все это было совсем нетрудно.

– Скажите хотя бы, как вы думаете, почему они выбрали этот путь? По-моему, более вероятно, что они влезли в окно, а вышли из дома через дверь.

– Возможно, конечно, и так. Однако я убежден – они вылезли в окно.

– Думаю, вы ошибаетесь.

– Возможно.

Я предался размышлениям по поводу нового и неожиданного для меня поворота, который открылся в этом деле после того, что сказал мне мой друг. Мне вспомнилось, как удивляли меня таинственные намеки Пуаро на особую важность следов на клумбе и часиков мадам Рено. Разглагольствования Пуаро начисто лишены смысла, думал я тогда, и только сейчас, в первый раз за все это время, я понял, что эти, как мне казалось, мелочи позволили моему другу приподнять завесу тайны, которой окружено убийство. И как блестяще он распутывает этот загадочный клубок! Мысленно я отдал ему запоздалую дань восхищения.

– Между прочим, – заметил я глубокомысленно, – несмотря на то что сейчас нам известно гораздо больше, чем прежде, мы нисколько не приблизились к ответу на главный вопрос – кто убил мосье Рено.

– Да, – бодро согласился Пуаро. – Фактически сейчас мы даже дальше от него.

Казалось, это признание доставляет моему другу особое удовольствие. Я удивленно воззрился на него. Он поймал мой взгляд и улыбнулся.

Внезапно догадка озарила меня.

– Пуаро! Я, кажется, понял – мадам Рено, должно быть, кого-то выгораживает.

Мой друг довольно спокойно отнесся к моему озарению, из чего я заключил, что эта мысль уже приходила ему в голову.

– Да, – задумчиво согласился он. – Выгораживает кого-то… или кого-то покрывает. Одно из двух.

Мы уже входили в гостиницу, и Пуаро знаком предложил мне помолчать.

Глава 13. Девушка с тревожным взглядом

Аппетит у нас оказался превосходный. Вначале мы ели молча, потом Пуаро ехидно заметил:

– *Eh bien!* А теперь поговорим о ваших безрассудных похождениях. Не желаете ли рассказать подробнее?

Я почувствовал, что краснею.

– А, это вы насчет сегодняшнего утра? – Я силился принять самый беззаботный вид.

Но где мне было тягаться с Пуаро! Не прошло и пяти минут, как он вытянул из меня буквально все, до мельчайших подробностей.

– *Tiens!* Весьма романтично! Как зовут очаровательную юную леди?

Мне пришлось сознаться, что я не знаю.

– Час от часу не легче! Таинственная незнакомка! Сначала *rencontre*[1] в парижском поезде, потом здесь. Недаром говорят, на ловца и зверь бежит.

– Не городите чепухи, Пуаро.

– Вчера – мадемуазель Добрэй, сегодня – мадемуазель Сандрильона! Решительно, Гастингс, у вас прямо-таки восточный темперамент. Не завести ли вам гарем?

– Вам только дай повод посмеяться надо мной! Мадемуазель Добрэй – прелестная девушка, ее красота просто поразила меня, я и не скрываю этого. А та, другая… Думаю, я вообще никогда больше с ней не увижусь.

– Как, вы и впрямь не намерены повидать ее?

В его вопросе звучало неподдельное изумление, и я почувствовал, как он метнул в меня пронзительный взгляд. Перед моим мысленным взором вдруг вспыхнули слова «Отель дю Фар», и я будто услышал,

[1] Случайная встреча (фр.).

как она говорит: «Загляните ко мне завтра», и я с радостной готовностью отвечаю: «Непременно».

– Она пригласила меня, но я, разумеется, не пойду, – как мог небрежнее ответил я.

– Так-таки и «разумеется»?

– А что? Если я этого не хочу.

– Помнится, вы говорили, мадемуазель Сандрильона остановилась в отеле «Англетер», кажется?

– Нет. В «Отель дю Фар».

– Да, правда, а я и запамятовал.

Подозрение кольнуло меня. Уверен, о гостинице я Пуаро ничего не говорил. Но, окинув его испытующим взглядом, я засомневался. Он нарезал хлеб аккуратными ломтиками и, казалось, был целиком поглощен этим занятием. Должно быть, ему просто показалось, что я упомянул о гостинице, где остановилась Сандрильона.

Кофе мы пили на террасе, выходящей на море. Пуаро выкурил, по обыкновению, крошечную сигарету, затем достал из кармана часы.

– Парижский поезд отходит двадцать пять минут третьего, – сказал он. – Мне надобно поторопиться.

– Вы едете в Париж? – воскликнул я.

– Именно, *mon ami.*

– Но зачем?

– Искать убийцу мосье Рено, – ответил он весьма серьезно.

– Вы думаете, он в Париже?

– Напротив, уверен, что его там нет. Тем не менее искать нужно там. Вам пока непонятно, но в свое время я все объясню. Поверьте, ехать в Париж просто необходимо. Я пробуду там недолго. Завтра, во всяком случае, непременно вернусь. Думаю, вам не стоит ехать со мной. Оставайтесь здесь и не спускайте глаз с Жиро. Постарайтесь почаще бывать в обществе мосье Рено-*fils*[1].

---

[1] Рено-сына (фр.).

– Кстати, хотел спросить, как вы узнали о его отношениях с мадемуазель Добрэй.

– И-и-и, *mon ami,* я знаю психологию людей. Когда молодой человек, вроде Жака Рено, и прелестная девушка, вроде мадемуазель Марты, живут по соседству, развитие событий предвидеть нетрудно. Кроме того, эта ссора! Причиной могли быть либо деньги, либо женщина, и, припомнив слова Леони о том, в какой ярости выскочил из кабинета мосье Жак, я предположил второе. Таков был ход моих мыслей, и, как оказалось, я не ошибся.

– Значит, вы еще раньше заподозрили, что она любит Жака Рено?

Пуаро улыбнулся.

– Во всяком случае, я увидел в ее глазах тревогу. Поэтому я про себя прозвал ее девушкой с тревожным взглядом.

Его тон был столь многозначителен, что мне стало не по себе.

– Что вы хотите этим сказать, Пуаро?

– Надеюсь, скоро мы все узнаем, мой друг. Однако мне пора.

– Я провожу вас, – сказал я, вставая.

– Нет-нет, ни в коем случае. Я вам запрещаю.

Он сказал это тоном, не допускающим возражений, и, когда я в недоумении уставился на него, он решительно тряхнул головой:

– Вот именно, запрещаю, *mon ami. Au revoir.*

С этими словами Пуаро ушел, и я вдруг почувствовал себя не у дел. Я побрел на пляж и принялся разглядывать купающихся, не испытывая большой охоты последовать их примеру. Мне представилось, что Сандрильона в каком-нибудь сногсшибательном купальном костюме, возможно, тоже резвится здесь, но никаких признаков ее присутствия я не обнаружил. Я бесцельно плелся по песчаному побережью, уходя все дальше и дальше от центра города. Мне вдруг пришло в голову, что, в конце концов, даже из соображений простой порядочности следует навестить девушку. В сущности, таким образом я избавлю себя от лишних треволнений и поставлю на этом точку. Вообще выброшу ее из головы. А не навести я ее, так она, чего доброго, сама явится на виллу «Женевьева».

И я ушел с пляжа и направился в город. «Отель дю Фар», оказавшийся весьма скромным заведением, я нашел довольно быстро. Крайне досадно было, что я не знал даже имени дамы, которую пришел навестить, а посему я почел за лучшее не прибегать к помощи портье, дабы не уронить тем самым чувство собственного достоинства, а потоптаться в холле, походить по гостинице в надежде встретить свою незнакомку. Однако ее нигде не было видно. Я подождал немного, но терпения не хватило, и, отведя портье в сторону, я сунул ему пять франков.

– Мне надо видеть одну даму, она остановилась здесь. Это молодая англичанка, невысокая, темноволосая. Я не помню точно ее имени.

Привратник покачал головой. Мне показалось, он силится подавить усмешку.

– Здесь нет такой дамы, как вы описали.

– Но она мне сказала, что остановилась здесь.

– Мосье, должно быть, ошибся… или, пожалуй, ошиблась дама, потому что еще один мосье тоже справлялся о ней.

– Как? Не может быть! – удивленно воскликнул я.

– Верно говорю, мосье. Тот мосье описал ее точно так же, как вы.

– А как он выглядел?

– Небольшого роста, хорошо одетый, очень аккуратный. Усы сильно нафабрены, голова какая-то странная, а глаза – зеленые.

Пуаро! Так вот почему он так решительно воспротивился тому, чтобы я провожал его. Ну что за наглый тип! Но я не потерплю, чтобы он совал нос в мои дела. Он, видно, вообразил, что без няньки мне не обойтись.

Поблагодарив портье, я вышел из гостиницы дурак дураком. И все по милости Пуаро! Черт бы побрал его бесцеремонность!

Да, но все-таки где же девушка? Я подавил в себе гнев и попытался разгадать очередную загадку. Очевидно, рассуждал я, она нечаянно перепутала название гостиницы. Но тут внезапная мысль поразила меня. Нечаянно ли? А может быть, она совершенно умышленно скрывает свое настоящее имя, а теперь вот нарочно дала неверный адрес?

Чем больше я думал об этом, тем более убеждался, что не ошибаюсь в своих подозрениях. По какой-то необъяснимой причине Сандрильона не желала, чтобы наше случайное знакомство переросло в дружбу. И хотя всего полчаса назад я и сам решительно не желал этого, теперь меня совсем не радовало, что она как бы перехватила инициативу. Надо же, какая досада! Я вернулся на виллу «Женевьева» в самом дурном расположении духа. В дом я не пошел, а свернул на дорожку, ведущую к сараю, и уселся на скамью в мрачной задумчивости.

Течение моих невеселых мыслей было внезапно прервано голосами, звучавшими, казалось, совсем рядом. Ах вот оно что – голоса доносятся из сада виллы «Маргерит» и довольно быстро приближаются ко мне. Женский голос, который, как я тотчас понял, принадлежал Марте Добрэй, говорил:

– Неужели это правда, мой дорогой? Неужели все наши невзгоды позади?

– Вы же все знаете, Марта, – отвечал Жак Рено. – Ничто больше не может разлучить нас, любимая. Последнее препятствие, разделявшее нас, рухнуло. Теперь никто не отнимет вас у меня.

– Никто? – прошептала девушка. – О Жак, Жак… Я так боюсь.

Я встал, чтобы уйти. У меня и в мыслях не было подглядывать за ними. Поднявшись со скамьи, я увидел их сквозь просвет в живой изгороди. Они стояли обнявшись, глядя друг другу в глаза. Это была прекрасная пара – стройный темноволосый молодой человек и юная белокурая богиня. Казалось, они созданы друг для друга, такие трогательно счастливые, несмотря на ужасную трагедию, омрачившую их любовь.

Однако ничто, похоже, не могло согнать смятение с лица девушки, и Жак Рено, заметив это, теснее прижал ее к себе:

– Любимая, чего же вы боитесь… теперь-то?

И я наконец, отчетливо уловив в ее взгляде тревогу, о которой мне все время толковал Пуаро, услышал, вернее, догадался по движению ее губ, как она прошептала:

– Я боюсь… за вас.

Что ответил молодой Рено, я так и не узнал, ибо мое внимание отвлекло нечто странное в живой изгороди чуть поодаль от меня. Присмотревшись внимательнее, я увидел какой-то побуревший куст. Сухой куст в начале лета? Я подошел было поближе, чтобы рассмотреть эту диковину, но куст вдруг шарахнулся в сторону, и я увидел мосье Жиро, прижимавшего палец к губам.

Со всевозможными предосторожностями мы с ним прокрались за сарай, где нас не могли услышать.

– Что это вы здесь делаете? – поинтересовался я.

– То же, что и вы, – подслушиваю.

– С чего вы взяли? Я и не собирался подслушивать!

– Да? Зато я собирался!

Как всегда, он вызывал у меня смешанное чувство – восхищение и неприязнь. Жиро смерил меня презрительно-осуждающим взглядом.

– Дернуло же вас вылезти! Еще немного, и я наверняка услышал бы нечто важное. Какой от вас обоих толк? Кстати, куда вы дели это ископаемое – вашего приятеля?

– Мосье Пуаро отбыл в Париж, – холодно ответил я.

Жиро пренебрежительно щелкнул пальцами.

– Отбыл в Париж, говорите? Отлично! Чем дольше его здесь не будет, тем лучше. Интересно, что он думает там найти?

В его вопросе мне послышалась некоторая обеспокоенность. Я принял сдержанно-достойный вид.

– А вот этого я вам сказать не могу.

Жиро вперил в меня острый взгляд.

– Видно, у него хватило ума не посвящать вас в свои дела, – бесцеремонно заявил он. – Прощайте. Мне некогда. – Он круто повернулся и зашагал прочь.

Похоже, на вилле «Женевьева» делать мне было нечего. Жиро мое общество явно раздражало, да и Жак Рено едва ли нуждается во мне, решил я, вспоминая увиденную недавно сцену.

Вернувшись в город, я с наслаждением искупался в море и пошел к себе в гостиницу. Спать лег рано, гадая, что принесет нам завтрашний день. Однако, честно признаюсь, действительность превзошла все мои ожидания. Не успел я закончить завтрак, как официант, болтавший с кем-то в холле, вдруг направился прямо ко мне. Он явно был чем-то взволнован. После минутной заминки он вдруг выпалил, нервно теребя салфетку:

– Надеюсь, мосье извинит меня. Мосье ведь имеет отношение к расследованию дела на вилле «Женевьева»?

– Ну да, – сказал я нетерпеливо. – А что случилось?

– Выходит, мосье еще ничего не знает?

– Да говорите же!

– Еще одно убийство! Этой ночью!

– Что?!

Оставив недоеденный завтрак, я схватил шляпу и со всех ног помчался на виллу. Новое убийство, а Пуаро нет! Вот незадача! Однако кого же убили?

Я влетел в ворота. На подъездной аллее, оживленно жестикулируя, судачили слуги. Я кинулся к Франсуазе.

– Что случилось?

– О мосье, мосье! Снова убийство! Просто ужасно! Этот дом проклят! Да-да, проклят, можете мне поверить! Надо послать за господином кюре[1], пусть принесет святой воды. На ночь я здесь ни за что не останусь. Вдруг теперь мой черед, кто знает?

Она осенила себя крестным знамением.

– Да кто убит? – вскричал я. – Скажите же, кто?

---

[1] Кюре – приходский священник во Франции.

– Откуда мне знать? Какой-то неизвестный. Его нашли в сарае, недалеко от того места, где был убит бедный мосье Рено. Мало того, его тоже закололи, всадили нож в самое сердце. И нож – тот же самый!

Глава 14. Второй труп

Не мешкая ни секунды, я побежал к ветхому сарайчику за живой изгородью. Полицейские, дежурившие тут, посторонились, я в нетерпении рванулся в дверь, но тут же замер на пороге.

В грубо сколоченном деревянном сарае, предназначенном, очевидно, для всякой рухляди, старой посуды и инструментов, стоял полумрак.

Жиро на четвереньках с карманным фонариком в руках дюйм за дюймом осматривал земляной пол. Он было нахмурился, но, увидев, что это я, успокоился. На его лице появилось даже презрительно-добродушное выражение.

– Он там, – сказал Жиро, посветив фонарем в дальний угол.

Я подошел ближе.

Покойник лежал на спине. Это был мужчина лет пятидесяти, среднего роста, смуглый, одетый в опрятный, но не новый темно-синий костюм хорошего покроя, вероятно, даже от дорогого портного. Лицо его было искажено предсмертной судорогой, а в левой стороне груди, как раз над сердцем, торчала черная блестящая рукоятка ножа. Это был тот самый нож, который лежал вчера в стеклянной банке! Я сразу узнал его.

– Сейчас придет врач, – сказал Жиро. – Хотя здесь он вряд ли нужен. Причина смерти не вызывает никаких сомнений. Его убили ударом ножа в сердце. Смерть, вероятно, была мгновенной.

– Когда же это случилось? Ночью?

Жиро покачал головой:

– Вряд ли. Утверждать не буду, пусть медицина разбирается, но, по-моему, смерть наступила больше двенадцати часов назад. Когда, вы говорите, видели этот нож в последний раз?

– Вчера, часов в десять утра.

– В таком случае, думаю, преступление было совершено вскоре после этого.

– Но ведь мимо сарая все время ходят люди.

Жиро язвительно улыбнулся.

– Ваши успехи в криминалистике достойны восхищения! Кто вам сказал, что его убили в этом сарае?

– Ну... – пробормотал я смущенно, – я... так мне кажется...

– Тоже мне, детектив! Посмотрите на него! Да разве так падает человек, которого пырнули ножом в сердце? Ровно, аккуратно, ноги вместе, руки по швам? Нет! Кроме того, вы что, думаете, он упал на спину и позволил заколоть себя, даже не пытаясь сопротивляться, даже руки не подняв? Ведь это же абсурд! А вот, смотрите, тут... и тут. – Он посветил фонариком вниз. На рыхлом грунте я увидел неправильной формы вмятины. – Его притащили сюда уже мертвого. Его то несли, то волокли двое неизвестных. На твердом грунте снаружи их следы незаметны, а тут, в сарае, они постарались стереть их; из этих двоих одна – женщина, вот так, мой юный друг.

– Женщина?

– Точно.

– Откуда вы знаете, если следы стерты?

– Как они ни старались, следы женских туфель, которые ни с чем не спутаешь, кое-где остались. А кроме того, есть еще одно свидетельство. – Жиро нагнулся, снял что-то с черенка ножа и показал мне. Это был длинный темный женский волос, похожий на тот, который Пуаро обнаружил на спинке кресла в библиотеке.

С насмешливой улыбкой он снова обмотал волос вокруг черенка ножа.

– Оставим все как было, – объяснил он. – Следователь будет доволен. Ну, что вы еще заметили?

Я сокрушенно покачал головой.

– Посмотрите на его руки.

Я увидел обломанные серые ногти, грубую кожу. Должен сознаться, что при всем желании я не мог извлечь из этого зрелища ничего полезного и вопросительно посмотрел на Жиро.

– У него руки простолюдина, – пояснил сыщик. – Однако одет он вполне респектабельно. Странно?

– Весьма, – согласился я.

– На одежде нет ни одной метки. Что нам это дает? Этот человек старался выдать себя за кого-то другого, специально переоделся. Зачем? Может быть, он чего-то боялся? Или пытался спрятаться от кого-то? Покуда мы этого не знаем, однако бесспорно одно – он старался скрыть свое истинное лицо.

Жиро посмотрел на покойника, распростертого у его ног.

– И снова на черенке ножа нет отпечатков пальцев. Убийца опять был в перчатках.

– Стало быть, вы думаете, что убийца тот же самый? – спросил я, снедаемый любопытством.

– Что я думаю – неважно, – отрезал он. – Там будет видно. Маршо!

Полицейский появился в дверях.

– Мосье?

– Почему мадам Рено до сих пор не пришла? Вот уже четверть часа, как я послал за ней.

– Она идет, мосье, вместе с сыном.

– Хорошо. Только пусть входят порознь.

Маршо козырнул и удалился. Минуту спустя он ввел мадам Рено.

Жиро, сдержанно поклонившись, пошел ей навстречу.

– Прошу вас сюда, мадам.

Когда мадам Рено вслед за ним подошла к покойнику, Жиро резко посторонился.

– Вот этот человек. Вы его знаете?

Жиро сверлил ее взглядом, стараясь прочесть ее мысли, жадно ловя малейшее ее движение.

Однако мадам Рено была совершенно спокойна, слишком спокойна, сказал бы я. Она равнодушно взглянула на покойника, ни в лице, ни в движениях ее нельзя было заметить и признака волнения.

– Нет, – сказала она. – Я никогда прежде его не видела. Его лицо мне совсем незнакомо.

– Вы уверены в этом?

– Абсолютно уверена.

– Вам не кажется, например, что это один из тех, кто нападал на вас?

– Нет.

Но тут тень сомнения мелькнула на ее лице, будто какая-то мысль вдруг пришла ей в голову.

– Нет, не думаю. Конечно, у них были бороды – правда, следователь считает, что фальшивые, – и все-таки нет.

Видимо, больше она не колебалась:

– Уверена, он не похож ни на одного из тех двоих.

– Благодарю, мадам. Тогда это все.

Она вышла, высоко держа голову, и солнце вспыхнуло в ее серебристо-седых волосах. Потом в сарай вошел Жак Рено. Он тоже вел себя совершенно естественно и тоже не смог опознать покойника.

Жиро промычал что-то невнятное, и я так и не понял, доволен ли он результатом или, напротив, разочарован. Потом он позвал Маршо.

– Та, другая, дама уже пришла?

– Да, мосье.

– В таком случае проводите ее сюда.

«Другой дамой» оказалась мадам Добрэй. Негодованию ее не было границ.

– Я решительно возражаю, мосье. Вы не имеете права! Какое мне дело до всего этого?

– Мадам, – начал Жиро жестко, – я расследую уже не одно, а два убийства! В конце концов, ничто не мешает мне предположить, что именно вы совершили оба убийства! Судя по всему, вы вполне могли это сделать.

– Как вы смеете? – вскипела она. – Как вы смеете оскорблять меня? Как осмелились вы возвести на меня эти чудовищные обвинения? Это подло!

– Подло, вы говорите? А что вы скажете на это?

Жиро нагнулся, снял волос с черенка ножа и показал ей.

– Так как же, мадам? – Жиро приблизился к ней. – Позвольте, я сравню его с вашими волосами?

Вскрикнув, она отшатнулась, губы у нее побелели.

– Это не мой! Клянусь! Я ничего не знаю об этом преступлении! И о другом тоже! Тот, кто говорит, что я знаю, лжет! О, *mon Dieu,* что же мне делать?

– Возьмите себя в руки, мадам, – холодно сказал Жиро. – Пока вас никто не обвиняет. Но в ваших же интересах ответить на мои вопросы без всяких истерик.

– Задавайте любые вопросы, мосье.

– Посмотрите внимательно на покойника. Вы когда-нибудь раньше видели его?

Подойдя ближе, мадам Добрэй, в лице которой уже начал пробиваться прежний румянец, посмотрела на незнакомца с заметным интересом и даже любопытством. Потом покачала головой.

– Нет, я его не знаю.

Ответ прозвучал так естественно – неужели она лжет?

Жиро кивком головы показал, что она свободна.

– Зачем же вы ее отпустили? – прошептал я. – Разумно ли это? Ведь это наверняка ее волос!

– Не нуждаюсь в ваших поучениях, – сухо бросил Жиро. – За ней наблюдают. Пока не вижу смысла задерживать ее.

Потом, нахмурясь, он стал пристально рассматривать покойника.

– Вообще-то он похож на испанца, вам не кажется? – спросил он неожиданно.

Я внимательно вгляделся в лицо незнакомца.

– Нет, – сказал я наконец. – Скорее француз. Определенно, француз.

Жиро недовольно хмыкнул.

– Да, пожалуй.

Помолчав немного, он повелительным жестом предложил мне убраться в сторону, снова стал на четвереньки и принялся ползать по полу. Все-таки он неподражаем! Ничто не могло укрыться от его внимания. Дюйм за дюймом обследовал он пол, опрокидывал горшки и кастрюли, придирчиво изучал старые мешки. Ухватился было за какой-то сверток за дверью, но там оказались лишь потрепанные брюки и пиджак. Жиро раздраженно выругался и швырнул их обратно. Потом его внимание привлекли две пары старых перчаток, но, тряхнув головой, он отложил их в сторону; снова принялся осматривать горшки один за другим, терпеливо переворачивая их вверх дном. Наконец он поднялся на ноги. Похоже, он зашел в тупик в своих поисках. Обо мне он, видимо, совсем забыл.

Тут за дверьми началась какая-то суматоха, послышался шум, и в сарай поспешно вошел наш добрый друг мосье Отэ в сопровождении своего помощника и мосье Бекса. Шествие замыкал доктор.

– Это неслыханно, мосье Жиро! – воскликнул следователь. – Еще одно убийство! Так мы никогда и не докопаемся до сути в этом проклятом деле. Похоже, здесь кроется какая-то тайна… Кто же вторая жертва?

– В том-то и штука, мосье, пока его никто не опознал.

– Где труп? – спросил доктор.

Жиро немного отступил в сторону.

– Здесь, в углу. Как видите, ему нанесли удар прямо в сердце. Тем самым ножом, который украли вчера утром. Мне кажется, убийство было совершено сразу вслед за кражей, впрочем, это по вашей части. Можете спокойно браться за нож – отпечатков пальцев на нем нет.

Доктор стал на колени перед покойным, а Жиро снова заговорил со следователем:

– Головоломка, а? Но ничего, я ее решу!

– Стало быть, никто не может опознать его, – задумчиво повторил следователь. – А что, если это один из убийц мосье Рено? Возможно, они чего-то не поделили между собой.

Жиро покачал головой.

– Этот человек – француз, могу поклясться…

Тут его неожиданно перебил доктор, сидевший на корточках возле тела. Лицо его выражало полную растерянность.

– Говорите, он был убит вчера утром?

– Судя по тому, когда украли нож, да, – объяснил Жиро. – Возможно, конечно, что убили его позже, днем, например.

– Позже? Вздор! Он мертв уже, по крайней мере, двое суток, а может, и дольше.

Мы уставились друг на друга в полном остолбенении.

Глава 15. Фотография

Да-а, заявление доктора поразило нас как гром среди ясного неба. Вот перед нами человек, убитый ножом, украденным – мы это знали совершенно точно, – вчера утром, а между тем мосье Дюран заявляет со всей решительностью, что неизвестный мертв по меньшей мере двое суток! Все это выглядело полнейшей бессмыслицей.

Не успели мы оправиться от изумления, в которое поверг нас доктор, как мне вручили телеграмму. Ее принесли сюда, на виллу, из гостиницы. Я вскрыл ее. Это была телеграмма от Пуаро, который извещал меня о том, что он возвращается поездом, прибывающим в Мерлинвиль в двенадцать часов двадцать восемь минут.

Я взглянул на часы. Как раз успею не спеша дойти до станции и встретить своего друга. Крайне важно немедленно уведомить его о том, какой новый страшный оборот приняли события.

Очевидно, размышлял я, Пуаро без особых усилий удалось добыть в Париже нужные сведения, иначе бы он не вернулся так скоро. Нескольких часов оказалось достаточно. Чрезвычайно интересно, как он воспримет волнующие новости, которые я собирался сообщить ему.

Поезд немного запаздывал, и я бесцельно слонялся по платформе. Потом сообразил, что мог бы воспользоваться случаем и порасспросить здесь, на вокзале, о пассажирах, уезжавших из Мерлинвиля последним поездом в тот вечер, когда произошло убийство.

Я подошел к старшему носильщику, который показался мне весьма смышленым малым, и без труда завел с ним разговор на интересующую меня тему.

– Просто позор! Куда смотрит полиция? – с готовностью подхватил он. – Разбойники и убийцы безнаказанно разгуливают по городу.

Тут я намекнул ему, что, возможно, убийцы мосье Рено уехали ночным поездом. Однако он весьма решительно отверг мое предположение. Он наверняка заметил бы двух иностранцев, у него нет ни малейших сомнений на этот счет. Ночным поездом уехало не более двадцати человек, и иностранцы, конечно же, сразу бросились бы ему в глаза.

Не знаю, почему вдруг эта мысль взбрела мне в голову, – вероятно, виною тому была глубокая обеспокоенность, все время прорывавшаяся в тоне Марты Добрэй, – только я неожиданно для самого себя спросил:

– А молодой мосье Рено, он ведь тоже уехал этим поездом?

– Да что вы, мосье! Зачем же ему уезжать, если он всего полчаса как приехал. Делать ему нечего, что ли?

Я тупо уставился на него – что такое он говорит? Потом до меня дошло.

– Стало быть, – сказал я, чувствуя, как у меня забилось сердце, – мосье Жак Рено этой ночью приехал в Мерлинвиль?

– Ну да, мосье. Последним поездом, прибывающим сюда в одиннадцать сорок.

У меня голова пошла кругом. Так вот, значит, в чем причина мучительного беспокойства, которое снедало Марту Добрэй. В ночь убийства Жак Рено был в Мерлинвиле. Но почему он не сказал об этом? Почему хотел убедить нас, что был в Шербуре? Я вспоминал его открытое мальчишеское лицо и не мог заставить себя поверить, что он как-то замешан в преступлении. И все же почему он умолчал о столь важном обстоятельстве? Ясно одно – Марта все знает. И она, конечно, тревожилась. Мне припомнилось, с каким жадным нетерпением спрашивала она Пуаро, подозревает ли он кого-нибудь.

Тут мои размышления были прерваны – приближался парижский поезд, еще минута, и мой друг радостно приветствовал меня. Пуаро прямо сиял, излучая довольство и благодушие. Он шумно поздоровался со мной и, выказав полное пренебрежение к моей английской сдержанности, порывисто заключил меня в объятия.

– *Mon cher ami,* мне невероятно повезло. Сказочно повезло!

– В самом деле? Как я рад! А вы слышали последние здешние новости?

– Интересно, как, по-вашему, я могу что-нибудь слышать? Ну что, события развиваются, да? Наш славный Жиро уже арестовал кого-нибудь? А может быть, даже и не одного? Но уж теперь-то я оставлю его в дураках! Однако куда это вы меня ведете, мой друг? Разве мы не зайдем в гостиницу? Я должен подправить усы, они у меня прямо-таки в плачевном состоянии – совсем обвисли из-за этой жары. Да и плащ запылился. А галстук? Его тоже необходимо привести в порядок.

Однако я решительно пресек его сетования:

– Дорогой Пуаро, прошу вас, забудьте об этих пустяках. Мы должны поспешить на виллу. Там еще одно убийство!

В жизни не видел, чтобы человек был так ошеломлен – челюсть у Пуаро отвисла, а от давешнего благодушия не осталось и следа. Он уставился на меня, забыв закрыть рот.

– Как вы сказали? Новое убийство? Ах, боже мой, значит, я не прав. Я ошибся. Теперь Жиро может потешаться надо мной, теперь у него есть основания.

– Выходит, вы ничего такого не ожидали?

– Я? Ни в малейшей степени! Это противоречит моей версии, более того, полностью опровергает ее… Но нет! – Он остановился как вкопанный и ударил себя в грудь. – Невозможно! Я не мог ошибиться! Все известные нам факты, если рассматривать их систематически, в надлежащем порядке, допускают одно-единственное толкование. Я прав! Я должен быть прав!

– Но в таком случае…

Пуаро перебил меня:

– Постойте, мой друг. Я все-таки прав, и поэтому нового убийства не должно быть, разве что… разве что… О, погодите, умоляю, ни слова больше.

Он помолчал, затем, вновь обретя свою обычную самоуверенность, заговорил решительно и спокойно:

– Убитый – человек средних лет. Его тело нашли в запертом сарае, что неподалеку от места первого преступления. Смерть наступила не менее двух суток назад. Скорее всего, он заколот, как и мосье Рено, хотя, возможно, удар нанесен и не в спину.

Тут уж настала моя очередь разинуть рот, что я и сделал. Кажется, я знал его куда как хорошо, и тем не менее никогда еще он не поражал меня так сильно, как сейчас. И конечно, сомнение закралось мне в душу.

– Пуаро! – воскликнул я. – Вы морочите мне голову. Вам уже все известно.

Он укоризненно посмотрел на меня:

– Зачем мне это? Уверяю вас, я ничего не знал. Да вы же сами видели, каким ударом была для меня эта новость!

– Но как, ради всего святого, могли вы угадать все так точно?

– Стало быть, я прав? Однако это вовсе не догадка, а плод строгого расчета. Серые клеточки, мой друг, только серые клеточки! Это они помогли мне. Второе убийство могло быть совершено только таким образом. А теперь расскажите мне все по порядку. Если здесь свернуть налево и пересечь спортивное поле, мы срежем угол и окажемся позади виллы «Женевьева» гораздо быстрее.

Пока мы шли дорогой, указанной Пуаро, я рассказал ему все, что знал сам. Пуаро внимательно слушал.

– Значит, в груди у него торчал нож? Любопытно! Вы уверены, что нож – тот же самый?

– Совершенно уверен, хотя это представляется совершенно невероятным.

– Не вижу ничего невероятного. Ведь могло быть два одинаковых ножа.

Я поднял брови.

– Вам не кажется, что это уж слишком? Едва ли может быть такое редкое совпадение.

– Как всегда, вы говорите не подумав, Гастингс. Вообще-то два одинаковых орудия убийства в одном и том же деле и впрямь маловероятно. Но не в данном случае. Нож был сделан по заказу Жака Рено в память о войне. Вряд ли он заказал всего один нож. Наверняка у него у самого был такой же.

– Но ведь об этом ни разу не упоминалось, – возразил я.

В голосе Пуаро послышались менторские нотки[1]:

– Друг мой, когда расследуешь дело, не стоит полагаться только на то, о чем шла речь. Как раз о самых важных вещах сплошь и рядом не упоминают просто потому, что к слову не пришлось. А зачастую о них специально умалчивают, руководствуясь весьма вескими соображениями. Видите, я вам назвал по меньшей мере две причины – выбирайте любую.

Я молчал, сраженный его доводами.

Еще несколько минут, и вот мы уже подошли к пресловутому сарайчику, где оказались в сборе все наши знакомые. Обменявшись со всеми вежливыми приветствиями, Пуаро приступил к делу.

Я наблюдал за ним с острым интересом, невольно сравнивая его с мосье Жиро. Мой друг ограничился тем, что окинул все вокруг беглым взглядом. Его внимание привлекли только потрепанный пиджак и брюки, их он внимательно рассмотрел. Презрительная улыбка скривила губы Жиро, и, точно заметив ее, Пуаро кинул сверток на прежнее место.

– Тряпье садовника? – спросил он.

– Само собой, – бросил Жиро.

Потом Пуаро опустился на колени возле трупа. Не пропустив ни одной мелочи, он осмотрел одежду покойника, ощупал ткань костюма. Казалось, он был весьма доволен, что не обнаружил на одежде ни одной метки. Особенно тщательному осмотру подверглись сапоги и руки покойного с грязными обломанными ногтями. Затем он обратился к Жиро:

– Вы обратили внимание на руки?

---

[1] Учительские, поучающие: от собственного имени Ментор; в поэме Гомера «Одиссея» Ментор – друг царя Итаки Одиссея и наставник его сына.

– Конечно, – ответил тот с непроницаемым видом.

Внезапно Пуаро замер.

– Доктор Дюран!

– Да? – отозвался доктор, подходя ближе.

– У покойника на губах пена. Вы заметили это?

– Признаться, нет.

– Однако сейчас вы ее видите?

– О да, конечно.

Пуаро снова обратился к Жиро:

– Но вы-то наверняка заметили пену?

Жиро не удостоил его ответом.

Нож из раны был уже вынут. Он находился в стеклянной банке, стоявшей рядом. Пуаро осмотрел его, потом принялся разглядывать рану. Когда он поднял взгляд, я заметил, что глаза его блеснули столь хорошо мне знакомым зеленым огнем.

– Странная рана! Совсем нет крови. И одежда не окровавлена. Только на лезвии ножа небольшие пятна. Что вы на это скажете, *monsieur le docteur?*[1]

– Скажу, что это противоестественно.

– Ничего противоестественного тут нет. Все совсем просто. В этого человека вонзили нож, когда *он был уже мертв.*

Среди присутствующих поднялся было шум, но Пуаро взмахом руки утихомирил всех и снова обратился к Жиро:

– Надеюсь, мосье Жиро со мной согласен?

В лице Жиро не дрогнул ни один мускул, хотя неизвестно, какие мысли пронеслись в этот миг в его голове. Спокойно, даже несколько пренебрежительно он бросил:

– Согласен.

И снова раздались удивленные возгласы.

---

[1] Господин доктор (фр.).

– Однако какой же смысл! – воскликнул мосье Отэ. – Всадить нож в умершего! Какая дикость! Просто неслыханно! Тут, видимо, какая-то патологическая ненависть.

– Нет, – сказал Пуаро. – Полагаю, это сделано совершенно хладнокровно, просто чтобы сбить всех нас с толку.

– Как?

– А так. Вас ведь и впрямь чуть не сбили с толку, – назидательно проговорил Пуаро.

– В таком случае как же убили этого человека? – спросил мосье Бекс.

– Его не убивали. Он умер. Умер в припадке эпилепсии, если я не ошибаюсь.

Заявление Пуаро вновь повергло всех в замешательство. Доктор Дюран опустился на колени и еще раз придирчиво осмотрел покойника.

– Мосье Пуаро, – сказал он, поднимаясь, – я склонен думать, что вы совершенно правы в вашем предположении. Я с самого начала пошел по неверному пути. Тот, казалось бы, неоспоримый факт, что незнакомец был заколот ножом, отвлек мое внимание от других признаков.

Итак, мой друг стал героем дня. Следователь рассыпался в комплиментах. Пуаро учтиво поблагодарил его, извинился и, сославшись на то, что не успел позавтракать и отдохнуть, направился было вон из сарая, но Жиро остановил его.

– С вашего позволения еще одна подробность, мосье Пуаро, – сказал он приторно-учтивым тоном. – Вот это... Он был обвит вокруг черенка ножа.

– О! Женский волос! – сказал Пуаро. – Интересно, чей же?

– Я и сам хотел бы знать это, – ответил Жиро и, поклонившись нам, вышел.

– До чего же он дотошный, наш славный Жиро, – заметил мой друг, когда мы шли в гостиницу. – Однако он хочет направить меня по ложному следу. Интересно куда? Женский волос – хм!

Позавтракали мы с отменным аппетитом, однако я заметил, что Пуаро как будто несколько рассеян. Когда мы перешли в гостиную, я попросил его рассказать о своей таинственной поездке в Париж.

– Охотно, мой друг. Я ездил в Париж вот за этим.

Он достал из кармана небольшую газетную вырезку, выцветшую от времени. Это была фотография женщины. Пуаро протянул мне ее. Я невольно ахнул.

– Ну что, узнаете, мой друг?

Я кивнул. Несмотря на то что фотография, очевидно, была сделана много лет назад и женщина, изображенная на ней, носила теперь другую прическу, сходство не оставляло никаких сомнений.

– Мадам Добрэй! – воскликнул я.

Пуаро с улыбкой покачал головой.

– Не совсем, мой друг, не совсем. В те дни ее звали иначе. Это фотография известной мадам Берольди!

Мадам Берольди! Мгновенно я вспомнил это дело. Судебный процесс по обвинению мадам Берольди в убийстве! Он вызвал тогда всеобщий интерес.

Глава 16. Дело Берольди

Лет двадцать тому назад мосье Арнольд Берольди, уроженец Лиона, приехал в Париж со своей красавицей женой и дочерью, в ту пору совсем еще крошкой. Мосье Берольди, младший компаньон в фирме, торговавшей винами, средних лет, плотного телосложения, любитель всяческих земных благ, обожавший свою очаровательную жену, был в общем самый заурядный человек. Компания, где служил мосье Берольди, несмотря на то что дела ее шли успешно, крупных доходов ему не приносила. Берольди поселились в небольшой квартирке и жили поначалу весьма скромно.

Итак, мосье Берольди был личностью вполне посредственной, чего никак не скажешь о его жене, которая, казалось, вся была окутана романтическим флером. Юная и прелестная, она сразу произвела сенсацию в обществе, особенно когда прошел слух о том, что с ее рождением связана какая-то загадочная история. Одни говорили, что она внебрачная дочь русского великого князя[1] другие – что вовсе не русского князя, а австрийского эрцгерцога[2] и что брак был вполне законный, хотя и морганатический[3]. Однако все сходились в одном – Жанну Берольди окружает волнующая тайна.

Среди знакомых и друзей, посещавших дом Берольди, был молодой юрист Жорж Конно. Вскоре стало ясно, что очаровательная Жанна совершенно завладела его сердцем. Мадам Берольди принимала его ухаживания, хотя вела себя весьма сдержанно и не упускала случая подчеркнуть неизменную преданность своему

---

[1] Великий князь – с XVIII века в России титул членов царской фамилии.

[2] Эрцгерцог – титул членов бывшего австрийского императорского дома.

[3] Морганатический брак – неравнородный брак, при котором один из супругов не пользуется сословными привилегиями другого супруга; чаще всего это брак лица царского рода с женщиной, не принадлежащей к царскому роду и не получающей, как и ее дети, права престолонаследия.

немолодому мужу. Тем не менее злые языки не колеблясь утверждали, что юный Конно стал ее возлюбленным, причем не единственным!

Берольди прожили в Париже около трех месяцев, когда на сцене явился новый герой. Это был некий мистер Хайрам П. Трапп, уроженец Соединенных Штатов, чрезвычайно богатый. Будучи представлен прелестной и загадочной мадам Берольди, он тут же пал жертвой ее очарования. Его поклонение хоть и не было ни для кого секретом, не выходило, однако, за рамки строгой почтительности.

К этому времени мадам Берольди стала чуть более откровенной. Она, например, как бы нехотя призналась нескольким своим друзьям, что состояние мужа внушает ей глубокую тревогу, ибо он, по ее словам, дал втянуть себя в некие политические игры, в результате чего ему доверили «секретные документы» чрезвычайной важности, затрагивающие интересы ряда европейских стран. Эти документы, объясняла она, поручили попечению мосье Берольди, чтобы сбить со следа тех, кто за ними охотится, в том числе нескольких известных террористов из революционных кругов Парижа. Узнав об этом, мадам Берольди, по ее собственному признанию, совсем потеряла покой.

И вот двадцать восьмого ноября случилось несчастье. Служанка, которая ежедневно приходила к Берольди, увидела, что парадная дверь распахнута. Услышав слабый стон, доносившийся из спальни, она ринулась туда. Ужасное зрелище предстало ее глазам. Мадам Берольди лежала на полу, связанная по рукам и ногам, и тихо стонала – каким-то чудом ей удалось освободиться от кляпа. На постели в луже крови лежал мосье Берольди с ножом в груди.

Вот что рассказала мадам Берольди. Внезапно проснувшись ночью, она увидела, что над ней склонились двое людей в масках. Она даже крикнуть не успела, как они связали ее и заткнули рот кляпом. Потом они потребовали, чтобы мосье Берольди выдал им «секретные документы».

Однако бесстрашный виноторговец наотрез отказался вступить с ними в переговоры. Разъяренный убийца в бешенстве всадил нож прямо в сердце мосье Берольди. Завладев его ключами, убийцы открыли сейф, стоявший в спальне, в углу, и вытащили оттуда документы. Густые бороды и маски скрывали их лица, но мадам Берольди со всей решительностью заявила, что это русские.

Происшествие в доме Берольди взбудоражило весь город. Время шло, но напасть на след таинственных убийц не удавалось. Интерес публики уже пошел на убыль, как вдруг случилось невероятное – мадам Берольди арестовали по обвинению в убийстве мужа.

Судебный процесс привлек к себе всеобщее внимание. Юность и красота обвиняемой, а также тайна, окутывающая ее, принесли этому делу громкую известность.

В ходе следствия выяснилось, что родители Жанны Берольди, весьма почтенные, но простые люди, живут в окрестностях Лиона и торгуют фруктами. Русский великий князь, придворные интриги и политические заговоры – все это чистейший вымысел. Вся ее жизнь была безжалостно выставлена на всеобщее обозрение. Вскоре обнаружился и мотив убийства. Мистер Хайрам П. Трапп, который вначале держался весьма стойко, будучи подвергнут суровому и изощренному перекрестному допросу, вынужден был признаться, что любит мадам Берольди и, будь она свободна, он просил бы ее руки. То обстоятельство, что отношения между ними носили чисто платонический характер, отнюдь не облегчило положение обвиняемой. Судьи решили, что Жанна Берольди, которая охотно стала бы любовницей Хайрама П. Траппа, если бы благородная честность указанного джентльмена не воспротивилась этому, задумала чудовищное преступление, чтобы избавиться от немолодого и вполне заурядного мосье Берольди и сочетаться браком с богатым американцем.

Все это время мадам Берольди сохраняла полное самообладание и хладнокровие, чем поражала своих обвинителей. Она ни разу не изменила своих показаний. Она упорно продолжала настаивать на своем королевском происхождении, заявив, что в раннем детстве ее подменили и отдали на воспитание простым людям. Как ни абсурдны были эти заявления, находились люди, которые безоговорочно верили в их истинность.

Однако обвинители были неумолимы. Они доказывали, что «русские» в масках – нелепая ложь, и решительно отстаивали свою версию: преступление совершено мадам Берольди и ее любовником Жоржем Конно. Уже был дан ордер на его арест, однако Конно предусмотрительно скрылся. Свидетели показали, что веревки, которыми связали мадам Берольди, были затянуты настолько слабо, что она легко могла от них освободиться.

Когда процесс уже подходил к концу, на имя прокурора пришло письмо, отправленное из Парижа и написанное Жоржем Конно, который, не открывая своего местонахождения, признавал себя виновным в убийстве. Конно заявил, что, подстрекаемый мадам Берольди, он нанес роковой удар ее мужу. По его словам, план преступления они составили сообща. Поверив, что муж дурно обращается с мадам Берольди, и потеряв голову от страсти, которую, он полагал, она разделяет, он согласился убить мосье Берольди и тем самым освободить свою возлюбленную от ненавистных уз. И только теперь, узнав правду о Хайраме П. Траппе, он понял, что женщина, которую он так любил, предала его! Не ради него хотела она обрести свободу. Выйти замуж за этого американца – вот какова ее цель! Он понял, что был всего лишь послушным орудием в ее руках. Теперь, охваченный ревностью и гневом, он решил разоблачить ее, ведь это она толкнула его на убийство.

И тут мадам Берольди доказала всем, что она и в самом деле незаурядная личность. Она решительно отказалась от своей прежней версии, признавшись, что «русские» – это чистейший вымысел, а настоящий убийца – Жорж Конно. Доведенный до умопомрачения страстью к ней, он совершил преступление и поклялся страшно отомстить ей, если она не будет молчать. Запуганная его угрозами, она согласилась, тем более что понимала – расскажи она всю правду, ее обвинят в потворстве преступлению. Но она наотрез отказалась поддерживать какие-либо отношения с убийцей ее мужа. Тогда, чтобы отомстить ей, он написал это письмо. Она торжественно поклялась, что ничего не знала о том, какое преступление готовит Конно.

Проснувшись в ту памятную ночь, она увидела, что перед нею стоит Жорж Конно, держа в руке окровавленный нож.

В судебном разбирательстве наметился резкий поворот. Рассказ мадам Берольди едва ли заслуживал доверия. Однако речь, которую она произнесла, обращаясь к присяжным, была настоящим шедевром. Она говорила о своей дочери, об оскорбленном чувстве женского достоинства, о своем страстном желании ради дочери сохранить незапятнанную репутацию. По ее лицу струились слезы. Да, сказала она, Жорж Конно был ее любовником, и на нее можно, вероятно, возложить нравственную ответственность за это преступление, но – как перед богом! – ни в чем больше она не виновата! Она понимает, что совершила тяжкий проступок, ибо ничего не сообщила следствию о Конно, но, сказала она срывающимся голосом, разве найдется хоть одна женщина, способная на это! Ведь она любила его! Разве могла она собственной рукой послать его на гильотину?[1] Да, она виновата во многом, но она не совершала ужасного преступления, в котором ее обвиняют.

Как бы то ни было, ее проникновенная речь, ее обаяние сотворили чудо. Под взрыв всеобщего ликования мадам Берольди освободили из-под стражи.

Несмотря на отчаянные усилия, полиции так и не удалось напасть на след Жоржа Конно. Что же касается мадам Берольди, то о ней никто больше ничего не слыхал. Она вместе с дочерью уехала из Парижа, чтобы начать новую жизнь.

---

[1] Гильотина – изобретенная доктором Гильотеном в 1792 году, во время Великой французской революции, машина для обезглавливания осужденных на смертную казнь.

Глава 17. Расследование продолжается

Вот так обстояло дело с мадам Берольди. Разумеется, не все подробности этого громкого процесса сохранились в моей памяти. Тем не менее я пересказал его довольно точно. В свое время он вызвал живейший интерес в самых широких кругах общества, в английских газетах много писали о нем, поэтому я без особого труда припомнил наиболее характерные черты этого дела.

В тот момент моему возбужденному сознанию представилось, что теперь в деле мосье Рено все ясно. Признаюсь честно, я слишком горяч, и Пуаро всегда осуждает мою дурную привычку делать поспешные выводы, хотя, думаю, в данном случае меня можно было извинить. Открытие, сделанное Пуаро в Париже, блестяще подтвердило его версию. Я был просто потрясен.

– Пуаро, – сказал я, – примите мои поздравления. Теперь мне понятно все.

Пуаро, как всегда, тщательно и неторопливо зажег свою тонкую сигарету, потом взглянул на меня.

– Стало быть, вам теперь все понятно, *mon ami.* Что же именно вам понятно, позвольте узнать?

– Как что? Мадам Добрэй, она же мадам Берольди, – вот кто убил мосье Рено. Нет никаких сомнений, ведь эти два дела похожи, как близнецы.

– Значит, по-вашему, оправдание мадам Берольди было ошибкой? Она на самом деле виновна в подстрекательстве к убийству ее мужа?

Я вытаращил глаза.

– А как же иначе? Вы что, не согласны?

Пуаро прошелся по комнате, рассеянно подвинул на место стул и в раздумье сказал:

– Согласен. Однако всякая категоричность, вроде вашего «А как же иначе?», мне кажется неуместной. Строго говоря, мадам Берольди невиновна.

– В том преступлении, возможно. Но не в этом.

Пуаро снова сел и с сомнением посмотрел на меня.

– Так вы твердо уверены, Гастингс, что мадам Добрэй убила мосье Рено?

– Да.

– Почему?

Вопрос показался мне столь нелепым, что я растерялся.

– Как почему? – Я даже запнулся. – Как это почему? Да потому... – И я умолк, чувствуя, что сказать мне нечего.

Пуаро кивнул.

– Видите, вы сразу сели на мель. Зачем было мадам Добрэй (я буду называть ее так для простоты) убивать мосье Рено? Здесь нет и намека на какой-нибудь мотив. Его смерть ровным счетом ничего ей не дает. Кем бы она ни была – его любовницей или просто шантажисткой, – с его смертью она лишается дохода. Чтобы пойти на убийство, должны быть мотивы. Первое преступление – совсем другое дело. Там богатый возлюбленный только того и ждал, чтобы занять освободившееся место.

– Но ведь не только деньги толкают на убийство, – возразил я.

– Верно, – спокойно согласился Пуаро. – Есть еще два мотива. Например, состояние аффекта. Еще один, достаточно, правда, редко встречающийся, – некоторые формы психических расстройств, к которым относится, например, мания убийства или религиозный фанатизм. Эти мы можем исключить из рассмотрения.

– А как насчет убийства, совершенного в состоянии аффекта? Можете ли вы исключить его? Если мадам Добрэй была любовницей Рено и вдруг обнаружила, что он охладел к ней, разве она не могла в припадке ревности убить его?

Пуаро покачал головой.

– Если – заметьте, я говорю «если» – мадам Добрэй даже и была любовницей Рено, он не мог охладеть к ней, ведь они познакомились совсем недавно. И вообще вы очень ошибаетесь на ее счет. Эта женщина может сыграть сильную страсть. Она превосходная актриса.

Но в жизни она совсем не та, какой хочет казаться. Проанализируйте ее поведение, и вы поймете, что она хладнокровна и расчетлива во всех своих поступках. Ведь она подстрекала своего молодого любовника к убийству совсем не для того, чтобы потом связать с ним свою жизнь. Она метила выйти замуж за богатого американца, к которому, вероятно, была совершенно равнодушна. Если она совершила преступление, то только ради выгоды. Здесь же она ничего не выигрывает. Кроме того, как вы объясните, кто вырыл могилу? Женщине это не под силу.

– Но ведь у нее мог быть сообщник, – предположил я, не желая так легко сдаваться.

– Ну хорошо. Перейдем к следующему вопросу. Вы сказали, что эти два преступления похожи. В чем вы видите сходство, мой друг?

Я удивленно уставился на него.

– Странно, Пуаро, вы же сами заметили это! Неизвестные в масках, «секретные документы»!

Пуаро чуть улыбнулся.

– Терпение, мой друг, прошу вас. Я не собираюсь ничего отрицать. Сходство этих двух дел не вызывает сомнений. Однако вам не кажется странным одно обстоятельство? Ведь не мадам Добрэй наплела нам всю эту чепуху – если бы было так, то все яснее ясного, – а мадам Рено! Они что, по-вашему, сообщницы?

– Я не могу в это поверить, – медленно начал я. – Но если это действительно так, мадам Рено – самая выдающаяся актриса, которая когда-либо рождалась на земле.

– О-ля-ля! – нетерпеливо воскликнул Пуаро. – В вас снова говорят чувства, а не разум! Если преступнице необходимо быть хорошей актрисой – на здоровье! Но в данном случае разве это необходимо? Я не верю, что мадам Рено и мадам Добрэй в сговоре. Не верю по ряду причин, на некоторые из них я вам уже указал, остальные – очевидны. Следовательно, эта возможность исключается, и мы подходим наконец к истине, которая, как всегда, очень любопытна и неожиданна.

– Пуаро! – воскликнул я. – Что вам еще известно?

– *Mon ami,* вы сами должны сделать выводы. У вас есть «доступ к фактам». Напрягите серые клеточки. Рассуждайте, но не как Жиро, а как… Эркюль Пуаро!

– Но вы уверены, что докопались до истины?

– Мой друг, в чем-то я был непроходимо туп, но теперь наконец многое понял.

– Вам уже все ясно?

– Я разгадал, для чего мосье Рено вызвал меня.

– И вы знаете убийцу?

– Одного убийцу я знаю.

– То есть…

– Сейчас я говорю о другом деле. В данном случае налицо не одно преступление, а два. Первое я раскрыл, а второе… *eh bien,* признаюсь, тут я не уверен!

– Однако, Пуаро, помнится, вы сами сказали, что неизвестный, которого нашли в сарае, умер естественной смертью.

– О-ля-ля! – Пуаро нетерпеливо издал свое любимое восклицание. – Вы все еще не поняли. В одном преступлении, возможно, не было убийцы, но у нас два преступления и два трупа – вот что важно.

Последняя фраза Пуаро так ошеломила меня, что я в тревоге стал к нему приглядываться. Однако вид у него был вполне нормальный. Внезапно он встал и подошел к окну.

– А вот и он, – заметил Пуаро.

– Кто?

– Мосье Жак Рено. Я послал записку на виллу и попросил его прийти сюда.

Это сообщение сразу изменило ход моих мыслей, и я спросил Пуаро, знает ли он, что Жак Рено в ночь убийства приезжал в Мерлинвиль. Я надеялся наконец-то застать врасплох моего проницательного друга, но он, как всегда, оказался во всеоружии. Разумеется, он тоже навел справки на вокзале.

– Уверен, Гастингс, эта мысль пришла в голову не только нам с вами. Наш славный Жиро тоже наверняка побывал там.

– Но вы же не думаете… – начал было я и запнулся. – О нет, страшно подумать!

Пуаро испытующе на меня взглянул, но я не сказал больше ни слова. Меня вдруг пронзила ужасная мысль: в этом деле замешаны прямо или косвенно семь женщин – мадам Рено, мадам Добрэй и ее дочь, таинственная ночная гостья и трое служанок и всего один мужчина – старый Огюст не в счет – Жак Рено. *А могилу мог вырыть только мужчина!*

Развить эту ужасную мысль у меня не было времени – Жак Рено уже входил в комнату.

Пуаро деловито поздоровался с ним и сразу приступил к делу:

– Прошу вас, садитесь, мосье. Весьма сожалею, что пришлось потревожить вас, но вы, вероятно, догадываетесь, что обстановка на вилле не слишком мне благоприятствует. Мы с мосье Жиро совсем по-разному смотрим на вещи. Он, как вы понимаете, не жалует меня, и я не хотел бы, чтобы он воспользовался теми небольшими находками, которые мне удалось сделать.

– Я вас понимаю, мосье Пуаро, – ответил юноша. – Этот Жиро – отпетый грубиян, и я был бы чрезвычайно доволен, если бы кто-нибудь натянул ему нос.

– В таком случае могу я просить вас о небольшой услуге?

– Разумеется.

– Нужно пойти на вокзал, доехать поездом до следующей станции, до Аббалака, и узнать там, не оставляли ли в ночь убийства двое иностранцев чемодан в камере хранения. Это небольшая станция, и иностранцев там наверняка запомнили бы. Могли бы вы сделать это?

– Охотно, мосье Пуаро, – озадаченно ответил юноша, однако с полной готовностью.

– Видите ли, нам с моим другом предстоит заняться другими делами, – объяснил Пуаро. – Поезд в Аббалак отходит через четверть часа, и я бы просил вас не заходить на виллу, чтобы Жиро ничего не заподозрил.

– Хорошо, я пойду прямо на станцию.

Он поднялся и хотел было идти, но Пуаро остановил его:

– Минутку, мосье Рено, у меня вызывает недоумение одно незначительное обстоятельство. Почему сегодня утром вы не сказали мосье Отэ, что в ночь убийства были в Мерлинвиле?

Жак Рено густо покраснел. С трудом удалось ему взять себя в руки.

– Вы ошибаетесь. Я был в Шербуре, о чем и сообщил следователю сегодня утром.

Глаза Пуаро сузились, как у кошки, и вспыхнули зеленым огнем.

– В таком случае это очень распространенная ошибка, ибо ее разделяют и железнодорожные служащие. Они показали, что вы прибыли в Мерлинвиль поездом в одиннадцать сорок.

Видно было, что Жак Рено жестоко борется с собой, потом он вдруг решился.

– А если и так? Полагаю, вы не намерены обвинить меня в убийстве отца? – в запальчивости вскричал он, гордо вздернув подбородок.

– Я хотел бы знать, зачем вы приезжали сюда.

– Причина простая. Я приехал повидаться со своей невестой, мадемуазель Добрэй. Нам предстояла долгая разлука, я и сам не знал, когда мне удастся вернуться, поэтому счел необходимым встретиться с ней перед отъездом и заверить ее в своей неизменной преданности.

– И что же, вы повидали ее? – Пуаро не сводил с него глаз.

Рено несколько замялся с ответом, потом коротко бросил:

– Да.

– Что вы сделали потом?

– Убедившись, что опоздал на последний поезд, я пошел пешком в Сент-Бове. Там я достучался в гараж, нанял автомобиль и вернулся в Шербур.

– Сент-Бове? Но до него километров пятнадцать. Весьма утомительная прогулка, мосье Рено.

– Я... мне хотелось прогуляться.

Пуаро наклонил голову, как бы давая понять, что удовлетворен объяснением. Жак Рено взял шляпу и трость и вышел из комнаты. В мгновенье ока Пуаро вскочил на ноги.

– Быстрее, Гастингс. Пойдемте за ним.

Держась на почтительном расстоянии, мы шли за Жаком Рено по улицам Мерлинвиля. Убедившись, что он свернул к станции, Пуаро остановился.

– Все в порядке. Он проглотил приманку – пусть себе едет в Аббалак и расспрашивает там про несуществующий чемодан, оставленный несуществующими иностранцами. Все это я, конечно же, нарочно придумал, надеюсь, вы поняли?

– Вы хотели избавиться от него! – воскликнул я.

– Ваша проницательность достойна восхищения, Гастингс! А теперь, если не возражаете, мы с вами отправимся прямехонько на виллу «Женевьева».

Глава 18. Жиро действует

Дойдя до виллы, Пуаро сразу свернул к сараю, где был обнаружен покойник. Внутрь, однако, он не вошел, а остановился у скамьи, которая, как я уже упоминал, стояла в нескольких ярдах от сарая. Крадущимся шагом он приблизился к живой изгороди, отделявшей виллу «Женевьева» от виллы «Маргерит», и раздвинул кусты.

– Если повезет, – бросил он мне через плечо, – мы сможем увидеть в саду мадемуазель Марту. Хотелось бы поговорить с ней, не нанося, однако, визита на виллу «Маргерит». А! Отлично. Вот и она. Тсс! Мадемуазель! Тсс! *Un moment, s'il vous plaît*[1].

Я подошел как раз в тот момент, когда слегка встревоженная неожиданным окликом Марта Добрэй подбежала к изгороди.

– Всего одно слово, мадемуазель, если позволите?

– Конечно, мосье Пуаро, – с готовностью ответила она, однако в глазах ее таились тревога и страх.

– Мадемуазель, помните, как вы нагнали меня на дороге в тот день, когда мы со следователем приходили в ваш дом? Вы еще спросили меня, подозревают ли кого-нибудь конкретного.

– А вы мне ответили, что подозревают двух чилийцев, – проговорила она, слегка задохнувшись и прижимая левую руку к груди.

– Не желаете ли снова задать мне тот же вопрос, мадемуазель?

– То есть как?

– Видите ли, если бы вы сейчас задали мне этот вопрос, я ответил бы вам по-другому. Подозреваемый есть, но он не чилиец.

– Кто же? – Вопрос еле слышно сорвался с ее полураскрытых губ.

– Мосье Жак Рено.

– Что? – крикнула она. – Жак? Не может быть! Кто осмелился заподозрить его?

---

[1] Можно вас на минуту, пожалуйста (фр.).

– Жиро.

– Жиро! – Лицо ее побледнело. – Я боюсь этого человека. Он безжалостен. Он… он… – Она осеклась. Но внезапно в глазах у нее появилось выражение решимости и отваги. В этот миг я понял, что передо мной борец. Пуаро тоже внимательно следил за выражением ее лица.

– Вам известно, конечно, что в ночь убийства он был здесь? – спросил Пуаро.

– Да, – ответила она рассеянно, думая, очевидно, о чем-то другом. – Он говорил мне.

– Очень неразумно было с его стороны пытаться скрыть этот факт, – рискнул заметить Пуаро.

– Да, да, – нетерпеливо согласилась она. – Но нельзя терять времени на бесплодные сожаления. Нужно его спасти. Он невиновен, конечно, но для такого человека, как Жиро, это ничего не значит. Он думает только о своей карьере. Он должен арестовать кого-нибудь, вот он и арестует Жака.

– Обстоятельства складываются весьма неблагоприятно для мосье Жака, – заметил Пуаро. – Вы ведь понимаете это?

Она твердо взглянула на него.

– Я не ребенок, мосье. У меня достанет мужества смотреть фактам в лицо. Он невиновен, и мы должны спасти его, – сказала она с отчаянной решимостью, потом, нахмурившись, замолчала, погруженная в свои мысли.

– Мадемуазель, – начал Пуаро, проницательно глядя на нее, – может быть, вы что-нибудь утаили, о чем сейчас могли бы рассказать?

Она кивнула с растерянным видом.

– Да, вы правы, только я не знаю, поверите ли вы мне. Это очень странно…

– И все-таки расскажите, пожалуйста.

– Ну так вот. Мосье Жиро послал за мной, ему взбрело в голову, что, может быть, я смогу опознать того человека. – Она кивнула в сторону сарая. – Нет, я его никогда не видела прежде. Во всяком случае, так мне тогда показалось. Но потом я все думала...

– И что же?

– Это может быть совсем не то, однако я почти уверена... Хорошо, я расскажу. В тот день, когда убили мосье Рено, утром я гуляла здесь, в саду. Вдруг слышу громкие мужские голоса, точно кто-то ссорится. Я раздвинула кусты и увидела мосье Рено и какого-то бродягу, страшного, в грязных лохмотьях. Он то канючил, то как будто угрожал мосье Рено. Я догадалась, что он требует денег. Тут меня позвала *maman*, и я вынуждена была уйти. Вот и все, только... я почти уверена, что покойник в сарае – это и есть тот бродяга.

– Почему же вы сразу не рассказали об этом, мадемуазель? – вскричал Пуаро.

– Потому что сначала мне показалось, что его лицо кого-то смутно мне напоминает. Он ведь был одет совсем по-другому и, судя по одежде, явно принадлежит к сословию людей состоятельных.

Тут девушку кто-то окликнул.

– *Maman*, – шепнула Марта. – Мне надо идти.

И она быстро скользнула за деревья.

– Пойдемте, – сказал Пуаро, беря меня под руку, и направился к вилле «Женевьева».

– Ну и что вы об этом думаете? – спросил я, снедаемый любопытством. – Правду ли она нам рассказала или придумала эту историю, чтобы отвести подозрение от своего возлюбленного?

– История интересная, – сказал Пуаро, – но я уверен, девушка сказала нам чистую правду. Мадемуазель Марта нечаянно сказала правду и о Жаке Рено, тем самым изобличив его во лжи. Вы помните, как он замялся, когда я спросил его, видел ли он Марту Добрэй в ночь убийства? Он помолчал, потом сказал «да». Я заподозрил, что он лжет. Поэтому и хотел повидать мадемуазель Марту, пока он не успел предупредить ее. Всего три слова, и я узнал то, что хотел. Когда я спросил ее, знает ли она, что Жак Рено был здесь в ту ночь, она ответила: «Да, он говорил мне». А теперь, Гастингс, скажите, что делал здесь Жак Рено в тот роковой вечер? Если он не виделся с мадемуазель Мартой, то с кем же он виделся?

– Нет, Пуаро, – вскричал я, охваченный ужасом, – неужели вы верите, что этот мальчик убил своего отца!

– *Mon ami,* – отвечал Пуаро, – вы неисправимый идеалист! Мне известны случаи, когда женщины убивали своих детей, чтобы получить страховку! После этого всему поверишь.

– Ну хорошо, а мотив?

– Деньги, разумеется. Вспомните, ведь Жак Рено думал, что после смерти отца он получит половину его состояния.

– А бродяга? Как быть с ним?

Пуаро пожал плечами.

– Жиро, конечно, скажет, что это соучастник, бандит, который помог молодому Рено совершить преступление и которого тот потом убрал.

– А как же волос на черенке ножа? Женский волос?

– О! – воскликнул Пуаро, улыбаясь во весь рот. – В этом-то вся соль. Ведь Жиро надеется сыграть с нами злую шутку. Он уверен, что это вовсе и не женский волос. Вспомните, как носят волосы нынешние молодые люди, – они зачесывают их ото лба назад, напомаживают, брызгают туалетной водой, чтобы они лежали гладко. А для этого волосы должны быть довольно длинные.

– Так вы разделяете точку зрения Жиро?

– Нет, – ответил Пуаро, загадочно улыбаясь. – Я уверен, что это волос женщины. Более того, я знаю, кому он принадлежит.

– Мадам Добрэй, – уверенно заявил я.

– Возможно, – сказал Пуаро, насмешливо глядя на меня.

На этот раз я сдержался и не подал виду, что уязвлен снисходительным тоном моего друга.

– Что мы собираемся здесь делать? – спросил я, когда мы вошли в холл виллы «Женевьева».

– Хочу осмотреть вещи мосье Жака Рено, потому и отослал его на несколько часов.

Аккуратно, не торопясь, Пуаро выдвигал ящик за ящиком, просматривал их содержимое и снова все укладывал точно на прежнее место. На редкость нудное занятие. Пуаро рылся в воротничках, пижамах и носках. Мурлыкающий звук автомобильного двигателя привлек мое внимание, и я выглянул в окно. Сонное оцепенение мгновенно слетело с меня.

– Пуаро! – закричал я. – Подъехал автомобиль. Там Жиро, Жак Рено и двое жандармов.

– *Sacre tonnerre!*[1] – буркнул Пуаро. – Скотина Жиро, не мог повременить! Не успею теперь как следует уложить вещи в последний ящик. Помогите же мне!

Он бесцеремонно вытряхнул вещи прямо на пол. Это были в основном галстуки и носовые платки. Внезапно радостно вскрикнув, Пуаро поднял небольшой картонный квадратик, очевидно, фотографию. Сунув его в карман, он кое-как побросал все обратно в ящик и, схватив меня за руку, потащил из комнаты вниз по лестнице. В холле стоял Жиро, внимательно рассматривая арестованного.

– Добрый день, мосье Жиро, – сказал Пуаро. – Что тут у вас?

Жиро кивнул на Жака.

– Пытался удрать, но меня не проведешь. Арестован по подозрению в убийстве своего отца, мосье Поля Рено.

Пуаро обернулся и посмотрел на молодого человека, который стоял, безвольно привалившись к двери. Лицо у него было пепельно-серое.

– Что скажете на это, *jeune homme?*[2]

Жак Рено смотрел на него, точно не узнавая.

– Ничего, – вяло проронил он.

---

[1] Проклятье! (фр.)
[2] Молодой человек (фр.).

Глава 19. Я напрягаю свои серые клеточки

Меня точно громом поразило. До последней минуты я не мог заставить себя поверить в виновность Жака Рено. Когда Пуаро обратился к нему, я ожидал, что он с негодованием отвергнет все обвинения. А он стоит у стены, белый как мел, безвольно обмякший, и с его губ срывается это убийственное «Ничего»! Как тут не поверить…

Однако Пуаро, повернувшись к мосье Жиро, спокойно спросил:

– На каком основании его арестовали?

– Думаете, я так все вам и выложу?

– Я прошу вас об этом как о личном одолжении.

Жиро подозрительно посмотрел на него. Он разрывался между желанием нагрубить Пуаро и соблазном покрасоваться перед соперником своей блестящей победой.

– По-вашему, я совершил ошибку? – усмехнулся он.

– Меня бы это не удивило, – ответил Пуаро чуть-чуть лукаво.

Лицо Жиро стало багровым.

– *Eh bien,* пойдемте. Вы сами во всем убедитесь.

Он распахнул дверь, и мы вошли в гостиную, оставив Жака Рено под присмотром двух жандармов.

– Итак, мосье Пуаро, – начал Жиро, кладя шляпу на стол. – Я преподам вам небольшой урок по части новейших методов сыска. Расскажу, как работаем мы, современные детективы. – И сколько же сарказма было в его тоне!

– *Bien!*[1] – ответил Пуаро, приготовившись слушать. – А я покажу вам, как превосходно умеем слушать мы, старая гвардия.

И он откинулся в кресле, закрыв глаза, но тут же приоткрыл их:

– Не беспокойтесь, я не усну. Буду внимать вам, затаив дыхание.

---

[1] Хорошо (фр.).

– Само собой, – самодовольно заговорил Жиро, – я сразу разгадал эту идиотскую затею с чилийцами. Действительно, тут замешаны двое, но никакие это не иностранцы! Все это сплошной обман.

– Весьма похвально, мой дорогой Жиро, – пробормотал Пуаро. – Оказывается, даже этот коварный трюк со спичкой и окурком не удался им.

Жиро метнул на своего соперника свирепый взгляд, но продолжал говорить:

– Далее: в этом деле непременно присутствует мужчина, который вырыл могилу. От этого преступления никто не получил выгоды, однако кое-кто думает, что получит ее. Известно, что Жак Рено поссорился с отцом и угрожал ему. Мотив преступления ясен. Теперь о технической стороне дела. В ночь убийства Жак Рено был в Мерлинвиле. Он утаил это обстоятельство, и мои подозрения превратились в уверенность. Затем мы обнаруживаем вторую жертву, убитую тем же самым ножом. Нам известно, когда украли нож. Капитан Гастингс называет точное время. Жак Рено, вернувшийся из Шербура, – единственный, кто мог взять нож. Я готов поручиться за всех остальных обитателей дома.

Пуаро прервал его:

– Тут вы ошибаетесь. Есть еще один человек, который мог украсть нож.

– Мосье Стонор, вы хотите сказать? Но он подъехал прямо к парадному входу в автомобиле, который нанял в Кале. О, уж поверьте, я учел все. Мосье Жак Рено прибыл поездом. С момента его приезда до момента, когда он появился здесь, в доме, прошел целый час. Он, конечно же, видел, как капитан Гастингс и его спутница вышли из сарая, незаметно проскользнул туда, взял нож, а потом заколол своего сообщника…

– Который уже был мертв!

Жиро пожал плечами.

– Возможно, Жак Рено не заметил этого, подумал, что тот просто спит. Несомненно, они виделись после убийства мосье Рено. Во всяком случае, Жак Рено понимал, что появление второго трупа очень запутает дело. И он не ошибся.

– Однако мосье Жиро не проведешь! – пробормотал Пуаро.

– Смейтесь, смейтесь! Я сейчас вам представлю последнее неопровержимое доказательство. То, что рассказывает мадам Рено, – ложь, выдумка от начала до конца. Мы знаем, что мадам Рено любила мужа, однако она лжет, чтобы спасти его убийцу. Ради кого может солгать женщина? Ради себя, ради возлюбленного и, конечно, ради своего ребенка. Вот вам неопровержимое доказательство. Тут уж никуда не денешься!

Жиро, раскрасневшийся и торжествующий, умолк. Пуаро не спускал с него глаз.

– Вот моя версия, – добавил Жиро. – Что вы на это скажете?

– Только то, что вы не учли одного обстоятельства.

– Какого же?

– Жак Рено, вероятно, хорошо знал планировку поля для гольфа и понимал, что тело обнаружат сразу, как только начнут сооружать «препятствие».

Жиро громко расхохотался.

– Что за чушь вы сморозили! Да ведь Жак Рено хотел, чтобы тело нашли. Пока не найдено тело и не установлен факт смерти, он не может вступить во владение наследством.

Я увидел, как глаза Пуаро вспыхнули зеленым огнем. Он поднялся с кресла.

– В таком случае зачем было его хоронить? – вкрадчиво спросил он. – Подумайте, Жиро. Если Жак Рено хотел, чтобы тело нашли как можно скорее, *зачем вообще понадобилось рыть могилу?*

Жиро молчал. Видимо, этот вопрос застал его врасплох. Он пожал плечами, как бы давая понять, что не придает доводам своего противника особого значения.

Пуаро направился к двери. Я последовал за ним.

– Вы не учли еще одно обстоятельство, – бросил он через плечо.

– Какое?

– Кусок свинцовой трубы, – сказал Пуаро и вышел из гостиной.

Жак Рено все еще стоял в холле с бледным, лишенным выражения лицом, но, когда мы вошли, метнул в нашу сторону быстрый взгляд. В этот момент на лестнице послышались шаги. Это спускалась мадам Рено. Увидев сына, стоящего между двумя блюстителями закона, она замерла.

– Жак, – сказала она дрожащим голосом. – Жак, что это значит?

Он смотрел на нее остановившимся взглядом.

– Они арестовали меня, мама.

– Что?!

Она пронзительно вскрикнула, покачнулась и тяжело рухнула на лестницу – никто и опомниться не успел. Мы бросились ее поднимать. Пуаро первым нарушил молчание:

– Она разбила голову о край ступени. Думаю, не обойдется без сотрясения мозга. Если Жиро захочет получить показания от нее, ему придется подождать. Сознание вернется к ней вряд ли раньше чем через неделю.

Тут прибежали Дениз и Франсуаза, и, оставив мадам Рено на их попечение, Пуаро покинул дом. Он шел опустив голову и озабоченно хмурился. Немного помолчав, я все же отважился спросить его:

– Стало быть, вопреки всем уликам вы верите, что Жак Рено невиновен?

Пуаро ничего не ответил. Наконец после долгого молчания он сурово сказал:

– Не знаю, Гастингс. Есть еще надежда. Жиро, конечно, кругом не прав. Если даже Жак Рено виновен, доводы Жиро здесь ни при чем. Самая веская улика против него известна только мне одному.

– Какая улика? – спросил я потрясенно.

– Напрягите ваши серые клеточки, охватите мысленным взором все дело целиком, и вы сами догадаетесь.

Пуаро нередко давал мне такие дразнящие, как я их называл, ответы.

Не дожидаясь, пока я что-нибудь соображу, он снова заговорил:

– Пойдемте на берег, сядем там где-нибудь, полюбуемся взморьем и подумаем о нашем деле. Разумеется, я могу рассказать вам все, что мне известно, но предпочел бы, чтобы вы сами докопались до истины – не все же мне водить вас за ручку.

Мы устроились на поросшем травой холме, откуда открывался вид на море.

– Думайте, мой друг, думайте, – ободряюще сказал Пуаро. – Приведите в порядок свои мысли. Действуйте методически, подчините процесс мышления строгой дисциплине. В этом секрет успеха.

Честно стараясь внять наставлениям моего друга, я принялся перебирать в уме и сопоставлять все подробности этого запутанного дела. Внезапно я вздрогнул – некая догадка с ошеломляющей ясностью вспыхнула в моем сознании. Мысль лихорадочно заработала, строя мою собственную гипотезу.

– Вижу, вам уже пришла в голову какая-то интересная мысль, *mon ami!* Превосходно. Мы делаем успехи.

Я приподнялся и раскурил трубку.

– Пуаро, – сказал я, – похоже, мы с вами кое-что проглядели. Говорю «мы», хотя точнее было бы сказать «я». Однако вы сами виноваты с вашей вечной манерой скрытничать. Итак, повторяю, мы кое-что проглядели. В этом деле замешан некто, о ком мы совсем забыли.

– И кто же он? – спросил Пуаро. Глаза его весело поблескивали.

– Жорж Конно!

Глава 20. Еще одно поразительное открытие

Не успел я опомниться, как Пуаро пылко обнял меня и запечатлел на моей щеке поцелуй.

– *Enfin!*[1] Наконец-то сообразили! А главное – самостоятельно. Превосходно! Продолжайте, вы на правильном пути. Несомненно, мы совершили непростительную ошибку – забыли о Жорже Конно.

Я был так польщен похвалами моего друга, что никак не мог собраться с мыслями. Наконец, сделав над собой усилие, я сказал:

– Жорж Конно исчез двадцать лет назад, однако у нас нет оснований предполагать, что он умер.

– *Aucunement*[2], – согласился Пуаро. – Продолжайте, пожалуйста.

– Поэтому будем исходить из того, что он жив…

– Совершенно верно.

– …или был жив до недавнего времени.

– Браво, Гастингс! *De mieux en mieux!*[3]

– Предположим, – продолжал я, все более воодушевляясь, – жизнь его не задалась, он впал в нужду, стал преступником, грабителем, бродягой – не знаю, кем еще. Случай занес его в Мерлинвиль. Здесь он встречает женщину, которую никогда не переставал любить.

– Так-так! Весьма романтично, – насторожился Пуаро.

– От любви до ненависти – один шаг, – припомнил я избитую истину. – Как бы то ни было, Жорж Конно встречает свою бывшую возлюбленную, которая живет здесь под чужим именем, и узнает, что у нее есть любовник – некий Рено, англичанин. Жорж Конно кипит злобой, он не забыл, как с ним обошлись. Он затевает ссору с Рено, подстерегает его, когда тот идет к своей любовнице, и убивает ударом ножа в спину. Испугавшись того, что он натворил, Конно принимается рыть могилу. Тут, вероятно, мадам Добрэй выходит встретить

[1] Ну наконец! (фр.)
[2] Никоим образом (фр.).
[3] Все лучше и лучше! (фр.)

любовника. Она сталкивается с Конно, и между ними происходит душераздирающая сцена. Он тащит ее в сарай, но с ним внезапно случается припадок эпилепсии, и он умирает. Предположим, в это время появляется Жак Рено. Мадам Добрэй рассказывает ему о своем прошлом, упирая главным образом на то, как ужасно скажется оно на будущности ее дочери, если станет достоянием гласности, и внушает ему, что спасение только в одном – спрятать концы в воду. Жак Рено, видя, что убийца его отца мертв, соглашается. Он идет к матери и убеждает ее помочь им. Мадам Рено ничего не остается, как позволить связать себя. Остальное нам известно. Ну как, Пуаро, что вы скажете на это? – бросил я, небрежно развалясь. Меня просто распирало от гордости.

Пуаро в раздумье разглядывал меня.

– Кажется, вам самое время заняться сочинением драм для синематографа, *mon ami,* – сказал он наконец.

– Вы хотите сказать…

– То, что вы мне сейчас рассказали, – это же добротный фильм, не имеющий, однако, к реальной жизни никакого отношения.

– Согласен, я не отработал подробности, но…

– Более того, вы вообще выказали к ним великолепное пренебрежение. Стоит ли обращать внимание на какие-то мелочи, на то, например, как одеты покойники? Вы полагаете, очевидно, что, заколов свою жертву, Конно снял костюм с мосье Рено, переоделся в него, а потом снова воткнул нож ему в спину?

– Но какое это имеет значение? – бросил я раздраженно. – Он мог, например, еще раньше, пригрозив мадам Добрэй, получить у нее одежду и деньги.

– Пригрозив ей, да? Вы что, всерьез настаиваете на этой версии?

– Разумеется. Он пригрозил ей, что разоблачит ее перед Рено. А это означает, что рушатся надежды на брак ее дочери.

– Вы ошибаетесь, Гастингс. Он не мог шантажировать ее, ибо все козыри были у нее на руках. Вспомните, ведь Жорж Конно и по сей день разыскивается за убийство. Одно ее слово – и он отправится прямо на гильотину.

Я был вынужден, правда с большой неохотой, согласиться с Пуаро.

– В вашу версию, – язвительно заметил я, – эти детали, разумеется, вписываются как нельзя лучше?

– Моя версия не грешит против истины, – спокойно ответил Пуаро. – Поэтому в нее укладываются все подробности этого дела. А вот вы в ваших рассуждениях допускаете существенные ошибки. Все эти тайные полночные свидания, любовные страсти – плод вашего воображения, которое заводит вас бог знает куда. Расследуя преступление, мы не должны выходить за рамки обыденной жизни. Хотите, я продемонстрирую вам свои методы?

– О, прошу вас, сделайте одолжение!

Пуаро выпрямился и начал говорить, сопровождая свою речь энергическими жестами:

– Начну, как и вы, с личности Жоржа Конно. Итак, установлено, что версия с участием таинственных русских, выдвинутая в суде мадам Берольди, – чистейшая выдумка, состряпанная ею, и только ею, в том случае, конечно, если она не была соучастницей преступления. Если же она виновна в соучастии, то эту версию могла сочинить как она, так и Жорж Конно.

Далее, в деле, которое мы расследуем сейчас, фигурирует такая же нелепая выдумка об иностранцах. Как я уже говорил, факты свидетельствуют, что едва ли мадам Добрэй инспирировала это преступление. Итак, нам остается предположить, что мысль о нем зародилась в голове Жоржа Конно. Следовательно, задумал это преступление Жорж Конно, а соучастницей его стала мадам Рено. Она, так сказать, на первом плане, а за ней маячит тень человека, чье теперешнее имя, вымышленное, разумеется, нам неизвестно.

Итак, давайте внимательно рассмотрим дело Рено с самого начала, отмечая в хронологическом порядке наиболее существенные события. Есть у вас карандаш и записная книжка? Отлично. Итак, какое событие идет у нас первым номером?

– Письмо к вам?

– Да, из него мы впервые узнали об этом деле, но не оно знаменовало его начало. Первым и чрезвычайно важным обстоятельством я бы счел перемены, которые произошли с мосье Рено вскоре после приезда в Мерлинвиль и которые отмечают несколько свидетелей. Следует обратить внимание на его дружбу с мадам Добрэй и на факт вклада на ее счет значительных сумм денег. Отсюда перейдем прямо к событиям двадцать третьего мая.

Пуаро помолчал, откашлялся и предложил мне записать:

«Двадцать третье мая. Мосье Рено ссорится со своим сыном, который хочет жениться на Марте Добрэй. Сын уезжает в Париж.

Двадцать четвертое мая. Мосье Рено изменяет завещание. Все свое состояние он оставляет жене.

Седьмое июня. Ссора с бродягой в саду, засвидетельствованная Мартой Добрэй.

Письмо, адресованное Эркюлю Пуаро, с просьбой о помощи.

Телеграмма, посланная мосье Жаку Рено, с приказанием отбыть в Буэнос-Айрес на „Анзоре“.

Шофер Мастерс получает отпуск.

Ночной визит неизвестной дамы. Провожая ее, мосье Рено говорит: „Да, да… но сейчас, ради бога, уходите…“»

Пуаро помолчал.

– А теперь, Гастингс, проанализируйте все факты один за другим, каждый в отдельности и в общей связи. Подумайте, может быть, вы увидите все дело в новом свете.

Я постарался добросовестно проделать все, что от меня требовалось. Наконец я выдавил из себя довольно неуверенно:

– Ну, что касается первого пункта, кажется, здесь возможны две версии – шантаж или страстное увлечение.

– Определенно, шантаж. Вы ведь слышали, что рассказал Стонор о характере и привычках мосье Рено.

– Однако мадам Рено не разделяет его мнения, – возразил я.

– Показания мадам Рено ни в коей мере не заслуживают доверия, мы уже убедились в этом. Поэтому следует полагаться на свидетельство Стонора.

– И все же если у Рено была любовная связь с женщиной по имени Белла, то нет ничего удивительного в том, что он страстно увлекся мадам Добрэй.

– Разумеется, ничего удивительного. Но чем вы можете подтвердить эту связь с некой Беллой, Гастингс?

– Письмом. Вы забыли о письме, Пуаро.

– Отнюдь. Я ничего не забыл. Однако почему вы так уверены, что письмо адресовано мосье Рено?

– Ну как же, письмо нашли у него в кармане, и… и…

– И все! – оборвал меня Пуаро. – В письме не упоминается никакого имени, и вообще неизвестно, кому оно адресовано. Мы предположили, что оно адресовано мосье Рено, только потому, что нашли его в кармане плаща, который был на убитом. Однако, *mon ami,* что-то в этом плаще мне сразу показалось странным. Помните, я измерил его и сказал, что он слишком длинный. Мое замечание должно было натолкнуть вас на некую мысль.

– А я думал, вы это просто так сказали, – признался я.

– О, *quelle idée!* Потом вы видели, что я измеряю плащ мосье Жака Рено. *Eh bien,* выясняется, что мосье Жак носит слишком короткий плащ. Сопоставьте эти два факта и учтите еще один – мосье Жак Рено, торопясь на поезд, выскочил из дома сломя голову. А теперь скажите, какой вывод можно сделать из этого.

– Кажется, понимаю, – медленно проговорил я. Смысл высказываний Пуаро начал постепенно доходить до меня. – Это письмо было адресовано не отцу, а сыну. В волнении и спешке мосье Жак схватил плащ отца.

Пуаро кивнул.

– *Précisement!*[1] Потом мы еще вернемся к этому вопросу. А теперь просто примем к сведению, что письмо не имеет никакого отношения к мосье Рено-отцу, и перейдем к нашей хронологической записи.

– «Двадцать третье мая, – прочел я. – Мосье Рено ссорится с сыном, который хочет жениться на Марте Добрэй. Сын уезжает в Париж». Не знаю, что к этому добавить. Изменение завещания тоже, кажется, вполне понятно. Это прямое следствие ссоры.

– Тут я с вами согласен, *mon ami,* – по крайней мере, в том, что касается повода. Однако каковы истинные причины этого поступка мосье Рено?

Я удивленно вытаращил глаза.

– Конечно, гнев, вызванный неповиновением сына.

– Однако же мосье Рено писал ему в Париж теплые письма, исполненные родительской любви.

– Да, так говорит Жак Рено, но ведь писем он нам не предъявил.

– Ну ладно, оставим пока эту тему.

– Так, теперь переходим к тому дню, когда случилась трагедия. Вы расположили утренние события в определенном порядке. Это ведь не случайно?

– Я проверил – письмо ко мне отправлено одновременно с телеграммой мосье Жаку. Вскоре после этого Мастерса уведомили, что он может взять отпуск. Полагаю, ссора с бродягой предшествовала этим событиям.

– Но точно установить время можно, только снова расспросив мадемуазель Добрэй.

– В этом нет никакой необходимости, я уверен. А если вы не понимаете этого, Гастингс, значит, вы ничего не понимаете.

С минуту я молча смотрел на него.

– Ну, конечно же! Я просто идиот. Ведь если бродяга – это Жорж Конно, то именно после ссоры с ним мосье Рено насторожился,

---

[1] Именно! (фр.)

отослал шофера – он подозревал, что тот подкуплен, – телеграфировал сыну и написал вам.

Легкая улыбка тронула губы Пуаро.

– А вас не удивляет, что мосье Рено употребляет в письме точно такие же выражения, как и мадам Рено в своих показаниях? Если он упоминает Сантьяго, только чтобы ввести нас в заблуждение, то зачем посылает туда сына?

– Это непонятно. Возможно, потом мы найдем какое-нибудь объяснение. И наконец, вечер, визит таинственной дамы. Сказать откровенно, я сбит с толку, если, конечно, это не мадам Добрэй, как твердит Франсуаза.

Пуаро покачал головой.

– Ах, друг мой, да соберитесь же с мыслями! Вспомните эпизод с чеком, вспомните, что имя Белла Дьювин что-то напоминает Стонору. Думаю, не требует доказательств, что Белла Дьювин – имя той дамы, которая писала мосье Жаку и которая посетила мосье Рено тем вечером. Возможно, она хотела видеть Жака, а возможно, с самого начала хотела говорить именно с его отцом, этого мы точно не знаем, но, думаю, имеем основание предположить, что произошло. Наверное, она призналась, что у нее есть права на Жака, может быть, показала мосье Рено его письма к ней. Вероятно, мосье Рено попытался откупиться от нее и выписал чек, а возмущенная Белла Дьювин тут же разорвала его. Ее письмо Жаку – это письмо искренне любящей женщины, и, вероятно, предложение мосье Рено глубоко оскорбило ее. Видимо, ему все же удалось как-то отделаться от мисс Дьювин. То, что он сказал ей на прощание, – чрезвычайно важно.

– «Да, да, но сейчас, ради бога, уходите», – процитировал я. – Не вижу в этих словах ничего особенного. Пожалуй, в них сквозит некоторое нетерпение, и только.

– Именно. Мосье Рено отчаянно старается как можно скорее отделаться от девушки. Почему? Не только потому, что этот разговор ему неприятен. Нет, он упускает драгоценное время. Какая-то причина заставляла его спешить.

– Что же это за причина? – спросил я озадаченно.

– Давайте подумаем вместе. Что это может быть? Немного позже произошел инцидент с часами, помните? И мы снова убеждаемся, что время играет чрезвычайно важную роль в этом преступлении. Вот тут мы приближаемся к самому драматическому моменту. Белла Дьювин уходит в половине одиннадцатого. По свидетельству разбитых часиков, преступление было совершено или, во всяком случае, подготовлено до полуночи. Итак, мы рассмотрели все события, предшествовавшие убийству, кроме одного. Бродяга к тому моменту, когда его обнаружили, был мертв, по словам доктора, по меньшей мере уже двое суток, а возможно, и трое. Итак, не имея других фактов, кроме тех, что мы обсудили, я считаю, что его смерть наступила утром седьмого июня.

Я ошеломленно уставился на Пуаро.

– Как? Почему? Откуда вы это взяли?

– Логика развития событий неумолимо приводит к такому выводу. *Mon ami,* я шаг за шагом подводил вас к нему. Разве вы еще не поняли того, что так и бросается в глаза?

– Дорогой Пуаро, весьма сожалею, но мне ничего не бросается. Мне казалось, я начал уже что-то понимать, но теперь безнадежно и окончательно запутался. Ради бога, не томите меня, скажите, кто убил мосье Рено?

– Вот этого-то я и сам пока точно не знаю.

– Но вы же сказали, что это бросается в глаза!

– Мы говорим о разных вещах, мой друг. Не забывайте, мы расследуем два преступления, и, как я уже заметил однажды, мы имеем необходимые нам два трупа. Ну, ну, *ne vous impatientez pas!*[1] Сейчас объясню. Для начала используем психологический подход. Рассмотрим три момента, когда обнаруживаются резкие перемены в характере и поступках мосье Рено, три переломных, с точки зрения психологии, момента. Первый имеет место сразу после того, как он поселился в Мерлинвиле, второй – после ссоры с сыном, третий –

[1] Не сердитесь! (фр.)

утром седьмого июня. Теперь о причинах. Момент номер один мы можем приписать встрече с мадам Добрэй, момент номер два тоже косвенно связан с ней, ибо касается брака мосье Рено-сына с ее дочерью. Момент номер три покрыт тайной, и нам предстоит проникнуть в нее, используя дедуктивный метод. А теперь, мой друг, позвольте мне задать вам один вопрос: кто, по-вашему, задумал это преступление?

– Жорж Конно, – ответил я неуверенно, с опаской глядя на Пуаро.

– Совершенно верно. Помните, Жиро изрек как-то, что женщина наверняка солжет в трех случаях: во имя своего спасения, во имя спасения возлюбленного и во имя спасения ребенка. Мы согласились, что именно Жорж Конно навязал мадам Рено эту выдумку про иностранцев, однако Жорж Конно – это не Жак Рено, откуда следует, что третий случай исключается, первый – тоже, ибо мы приписываем преступление Жоржу Конно. Итак, мы вынуждены обратиться ко второму случаю – мадам Рено лгала ради спасения человека, которого она любила, иными словами, ради спасения Жоржа Конно. Вы согласны с этим?

– Да, – признался я. – Рассуждения весьма логичны.

– *Bien!* Мадам Рено любит Жоржа Конно. Кто же в таком случае Жорж Конно?

– Бродяга.

– Располагаем ли мы свидетельством того, что мадам Рено любила бродягу?

– Нет, но…

– Отлично. Не цепляйтесь за версии, которые не подтверждаются фактами. Лучше задайтесь вопросом, кого на самом деле любила мадам Рено?

Я в полном замешательстве пожал плечами.

– *Mais oui*[1], вам же отлично это известно. Кого любила мадам Рено столь преданно, что упала без чувств, увидев его тело?

Я ошарашенно уставился на Пуаро.

---

[1] Ну конечно (фр.).

– Своего мужа? – У меня челюсть отвисла от изумления.

Пуаро кивнул.

– Своего мужа или… Жоржа Конно, называйте его как хотите.

Я постарался взять себя в руки.

– Это невозможно.

– Отчего же? Ведь вы только что согласились, что мадам Добрэй имела основание шантажировать Жоржа Конно?

– Да, но…

– И разве она не шантажировала мосье Рено, причем весьма успешно?

– Да, вероятно, так и было, но…

– Не забудьте, что мы ничего не знаем о мосье Рено, о его прошлом, о его юности. Ничего, кроме того, что двадцать два года назад вдруг появился некий француз канадского происхождения.

– Да. Все это так, – сказал я несколько более уверенно, – однако, сдается мне, вы упустили из виду одно вопиющее обстоятельство.

– Какое же, мой друг?

– Ну как же, мы сошлись на том, что это преступление задумал Жорж Конно. Стало быть, мы приходим к абсурдному выводу, что *он задумал свое собственное убийство!*

– *Eh bien, mon ami,* – безмятежно отозвался Пуаро. – Именно это он и сделал!

Глава 21. Пуаро излагает свою версию

Неторопливо и размеренно начал Пуаро свое повествование:

– Вас удивляет, мой друг, что человеку пришлось задумать свое собственное убийство? Удивляет настолько, что вы готовы отвергнуть факт, сочтя его досужим вымыслом. А сами придумываете абсолютно неправдоподобную историю, столь далекую от реальной жизни, что ей место только в синематографе. Да, мосье Рено планировал собственную смерть, однако от вашего внимания, видимо, ускользнула одна немаловажная деталь – он вовсе не собирался умирать.

Я недоуменно покачал головой.

– Не удивляйтесь, на самом деле это проще простого, – улыбнулся Пуаро. – Для преступления, задуманного мосье Рено, убийца не нужен, а вот покойник, как я уже говорил, просто необходим. Давайте восстановим всю цепь событий на этот раз под другим углом зрения.

Жорж Конно бежит от правосудия в Канаду. Здесь он женится, под вымышленным именем, разумеется, а потом наживает в Южной Америке огромное состояние. Однако ностальгия не оставляет его. Минуло двадцать лет, он неузнаваемо изменился. Кроме того, он стал столь богат и респектабелен, что никому и в голову не пришло бы заподозрить в нем преступника, некогда бежавшего от правосудия. Конно решает вернуться в Европу, полагая, что ему уже ничто не угрожает. Он обосновывается в Англии, но лето решает провести во Франции. И тут невезение, а быть может, карающая десница слепой судьбы, порою настигающая грешника и воздающая ему за содеянное зло, приводит его в Мерлинвиль, где он встречает женщину, вероятно единственную во всей Франции, которая не может не узнать его. Разумеется, для мадам Добрэй он – золотоносная жила, и она не замедлила воспользоваться преимуществами своего положения. Мосье Рено беспомощен, он попадает в полную от нее зависимость. А она тянет и тянет из него деньги.

Потом случается то, что должно было случиться. Жак Рено, который чуть ли не каждый день видится с прелестной мадемуазель Мартой Добрэй, влюбляется в нее и хочет на ней жениться. Намерения сына приводят мосье Рено в ярость. Он готов любой ценой воспрепятствовать этому браку. Жаку ничего не известно о прошлом его отца, но мадам Рено знает все. Это женщина с чрезвычайно сильным характером, страстно преданная своему мужу. Рено советуется с ней. Он видит только один выход – исчезнуть. Необходимо уверить всех, что он умер, бежать в другую страну и начать новую жизнь под другим именем. Мадам Рено, разыграв роль безутешной вдовы, спустя некоторое время вновь соединится с ним. Важно только, чтобы состояние осталось в ее руках, и мосье Рено изменяет завещание. Как они вначале собирались раздобыть покойника, не знаю – достать, например, у студентов скелет и придать ему вид сожженного трупа или придумать еще что-нибудь в этом роде, – но прежде, чем их план окончательно созрел, подвернулся случай, сыгравший им на руку. К ним в сад забрел какой-то грязный оборванец, наглый и бранчливый. Мосье Рено хотел вытолкать его вон, между ними завязалась борьба, и вдруг бродяга упал, сраженный припадком эпилепсии, и тут же скончался. Рено позвал жену, и они вдвоем затащили покойника в сарай, который, как мы знаем, находится неподалеку. Супруги понимают, что судьба подарила им редкую удачу. Бродяга, правда, совсем не похож на Рено, однако внешность у него типичного француза и возраст тоже вполне подходящий. Этого достаточно.

Я будто вижу, как они сидят на скамейке у сарая, где их не могут услышать из дома, и обсуждают ситуацию. Тут же созрел план. Опознать тело должна только мадам Рено. Жака и шофера, который вот уже два года служил у них, нужно срочно куда-нибудь отослать. Служанки-француженки едва ли рискнут приблизиться к телу. Тем не менее Рено намеревался принять меры к тому, чтобы ввести в заблуждение тех, кто не будет особенно приглядываться к деталям. Мастерсу дали отпуск, а Жаку отправили телеграмму, причем специально упомянули Буэнос-Айрес, чтобы придать большую достоверность версии, сочиненной Рено. Видимо услышав от кого-то краем уха обо мне как о престарелом сыщике, не хватающем звезд с неба, Рено просит меня о помощи, понимая, что, когда я прибуду и предъявлю полученное мною письмо, это произведет на следователя сильное впечатление. Кстати, так и случилось.

Супруги одевают покойника в костюм мосье Рено, а рваную куртку и брюки, не решаясь нести в дом, прячут в сарае за дверью. Затем для подтверждения версии мадам Рено они вонзают в грудь бродяги кинжал из авиационной стали. Поздним вечером Рено должен был связать жену и заткнуть ей рот, потом вырыть могилу именно в том месте, где будет – как это у вас называется? – «препятствие». Очень важно, чтобы тело нашли – у мадам Добрэй не должно возникнуть никаких подозрений. С другой стороны, если покойник, пусть недолго, пролежит в земле, опасность того, что в нем опознают бродягу, значительно уменьшится. Зарыв могилу, Рено переоденется в лохмотья, заковыляет к станции и, никем не замеченный, уедет поездом в двенадцать десять. Так как следствие будет введено в заблуждение по поводу времени, когда совершилось преступление, на мосье Рено не падет никаких подозрений.

Понимаете теперь, как некстати появилась девушка, которую зовут Белла. Малейшая задержка могла оказаться роковой. Однако мосье Рено удалось быстро спровадить ее. Теперь за дело! Он оставляет парадную дверь приоткрытой, чтобы думали, что убийцы ушли через дверь. Потом связывает жену и затыкает ей рот. На этот раз он постарался не повторить ошибку, которую совершил двадцать два года назад: тогда он слишком слабо затянул веревки и навлек тем самым подозрение на свою сообщницу. Однако версия, которую он сочинил в тот раз и которую так хорошо затвердила с его слов мадам Рено, по существу, не претерпела никаких изменений, что лишний раз доказывает, сколь стоек стереотип мышления. Ночь стоит прохладная, и он прямо на нижнее белье накидывает плащ, который собирается бросить в могилу вместе с покойником. Он вылезает в окно, тщательно разравнивает землю на клумбе – кстати, это одна из главных улик против него. Затем идет на пустынное поле для гольфа и принимается рыть могилу… И тут…

– Что?!

– И тут, – хмуро сказал Пуаро, – его настигает возмездие, которого ему так долго удавалось избегать. Таинственная рука наносит ему удар в спину… Теперь вы поняли, Гастингс, почему я все время говорю о двух преступлениях. Первое преступление, которое мосье Рено, в своей самоуверенности недооценив меня, рискнул предложить мне расследовать, можно считать, раскрыто. Однако за ним кроется еще одно, более загадочное преступление. И распутать его будет чрезвычайно трудно, ибо преступник – в сообразительности ему не откажешь! – ухитрился воспользоваться тем, что было уже подготовлено самим мосье Рено. Вот в этом втором, невероятно запутанном, я бы сказал головоломном, деле еще предстоит разобраться.

– Потрясающе, Пуаро! – воскликнул я. – Вы просто неподражаемы. Уверен, то, что вы сделали, не по плечу ни одному сыщику на свете!

Думаю, мое восхищение польстило ему. Во всяком случае, мне показалось даже, что он смущен – чуть ли не впервые в жизни.

– Бедняга Жиро, – сказал он, стараясь – впрочем, без особого успеха – казаться скромным. – Правда, в тупости его не обвинишь. Просто ему сильно не повезло пару раз. Например, черный волос на черенке ножа, с которым Жиро, мягко говоря, попал пальцем в небо.

– Признаться, Пуаро, я до сих пор не пойму, чей же это волос.

– Как чей? Ну конечно же, мадам Рено. Этот, казалось бы, пустяк сыграл с Жиро злую шутку. У мадам Рено были темные волосы с проседью, помните? И только потом она сразу вся поседела. Окажись на черенке ножа не черный, а седой волос, Жиро хоть из кожи вон лезь, не сумел бы убедить себя, что это волос с головы Жака Рено! Ну и так далее… Факты, как всегда, подгоняются под готовую теорию.

– Не сомневаюсь, что мадам Рено, придя в себя, заговорит, – продолжал Пуаро. – Ей и в голову не приходило, что в убийстве могут обвинить ее сына. Ведь она была уверена, что он уже в море, на борту

«Анзоры». *Ah! Voilà une femme*[1], Гастингс! Какая воля, какое самообладание! Только однажды она допустила промах. Когда мосье Жак неожиданно вернулся, у нее вырвалось: «Впрочем, теперь уже все равно». Никто ничего не заметил, ее словам просто не придали значения. Какую страшную роль пришлось ей играть! Бедная женщина! Представьте себе, какой удар ее постиг, когда вместо бродяги она увидела бездыханное тело мужа, который, по ее представлениям, уже должен был быть далеко от Мерлинвиля. Неудивительно, что она потеряла сознание! А потом, сраженная горем и отчаянием, как самоотверженно играла она свою роль и какая мука, должно быть, терзала ее! Ради сына она не сказала ни слова, чтобы помочь нам напасть на след настоящих убийц. Никто не должен знать, что Поль Рено и преступник Жорж Конно – одно и то же лицо. А какому тяжкому и горькому испытанию она подвергла себя, когда признала, что мадам Добрэй, возможно, была любовницей ее мужа. Ведь малейший намек на шантаж – и могла раскрыться страшная тайна. А как великолепно она держалась на следствии! Помните, мосье Отэ спрашивает, не омрачено ли прошлое ее мужа какой-нибудь тайной. А она отвечает: «Нет, мосье, ничего романтического, я уверена». Вы помните этот печально-снисходительный тон, эту чуть заметную насмешливую улыбку. Мосье Отэ даже стало неловко. Он понял, как глуп и неуместен его вопрос, как отдает он дешевой мелодрамой. Да, мадам Рено замечательная женщина! Правда, любила она преступника, но сколько истинного благородства было в этом чувстве!

Пуаро погрузился в размышления.

– Еще один вопрос, Пуаро. При чем здесь кусок свинцовой трубы?

– Не понимаете? Ведь надо было изуродовать лицо бродяги, чтобы никто не смог его опознать. Именно этот кусок трубы и натолкнул меня на размышления. А кретин Жиро его даже не заметил – он, видите ли, искал окурки! Помните, я сказал вам, что улика, будь она длиной в два фута или в два дюйма, все равно улика? Однако, Гастингс, теперь мы должны начать все сначала. Кто убил мосье Рено?

[1] Да! Вот это женщина! (фр.)

Неизвестный, который около полуночи находился неподалеку от виллы «Женевьева» и которому была выгодна смерть мосье Рено. Все как будто бы указывает на Жака Рено. Возможно, преступление не было задумано им заранее. А тут еще этот нож!

Вот это да! Как же я раньше не сообразил.

– Конечно, – начал я, – если второй нож, который нашли в теле бродяги, принадлежит мадам Рено, значит, *их было два?*

– Разумеется, притом они совершенно одинаковы, а это наводит на мысль, что оба ножа принадлежали Жаку Рено. Однако этим я не столь уж сильно озабочен. Есть у меня одна мыслишка. Нет, самое тяжкое обвинение против Жака Рено – кстати, тоже психологического свойства – это наследственность, *mon ami,* дурная наследственность! Не забывайте, Жак Рено – сын Жоржа Конно. А, как известно, яблочко от яблони недалеко падает.

Он произнес это так многозначительно и мрачно, что я невольно поддался его настроению.

– А что за мыслишка, о которой вы только что упомянули? – спросил я.

Вместо ответа Пуаро сверился со своими часами-луковицей:

– В котором часу отходит из Кале дневной пароход?

– Кажется, около пяти.

– Отлично. Мы как раз успеем.

– Мы едем в Англию?

– Да, мой друг.

– Зачем?

– В поисках некоего свидетеля.

– Кого же?

– Мисс Беллы Дьювин, – ответил Пуаро с загадочной улыбкой.

– Но как вы собираетесь искать ее? Что мы о ней знаем?

– Ничего, ровным счетом ничего, но у меня есть кое-какие соображения. Положим, ее имя действительно Дьювин. Мосье Стонору оно смутно знакомо, хотя, очевидно, не в связи с семейством Рено.

Весьма вероятно, это имя какой-то актрисы. Жак Рено молод, ему всего двадцать лет, и у него куча денег. Очень возможно, что его первое пылкое увлечение связано именно с театром. Да и попытка мосье Рено откупиться от девушки деньгами подтверждает эту догадку. Думаю, я сумею отыскать ее, тем более с помощью вот этой штуки.

И он достал ту самую фотографию, которую нашел в комнате Жака Рено. В углу наискосок было нацарапано: «С любовью от Беллы». Однако не надпись приковала мое внимание: с фотографии на меня смотрело лицо, которое я узнал бы из тысячи, хотя сходство с оригиналом не было столь уж бесспорным. Я почувствовал холодную обморочную слабость, точно непоправимое несчастье вдруг обрушилось на меня.

Это была Сандрильона!

Глава 22. Я влюбляюсь

Некоторое время я сидел, будто громом пораженный, все еще держа в руке фотографию. Потом с показным равнодушием, для чего мне потребовалось собрать все свое мужество, я вернул ее Пуаро, украдкой бросив на него быстрый взгляд. Заметил ли он что-нибудь? Нет, к счастью, он, кажется, не смотрел в мою сторону. Похоже, потрясение, которое я испытал, ускользнуло от его внимания.

Он решительно поднялся на ноги.

– Не стоит терять время. Надо как можно скорее отправиться в путь. Погода нам благоприятствует, море будет спокойное!

В предотъездной суете у меня не было времени подумать, но на борту парохода, укрывшись от проницательного взгляда Пуаро, я взял себя в руки и постарался хладнокровно взглянуть фактам в лицо. Много ли известно Пуаро и почему он устремился на поиски этой девушки? Может быть, он подозревает, что она видела, как Жак Рено убил отца? А вдруг он подозревает… Нет, это немыслимо. У нее не было причин ненавидеть старшего Рено, тем более желать его смерти. Что привело ее на место преступления? Я принялся в подробностях припоминать все, что случилось в минувшие четыре дня. Она сошла с поезда в Кале, где мы и расстались с ней в тот день. Неудивительно, что я не нашел ее на пароходе. Если она, скажем, пообедала в Кале, а потом отправилась поездом в Мерлинвиль, то должна была оказаться на вилле «Женевьева» как раз в то время, которое указала Франсуаза. Что она делала после того, как вышла из дома в начале одиннадцатого? По-видимому, пошла в гостиницу, а может быть, вернулась в Кале. А потом? Убийство было совершено в ночь на вторник. В четверг утром она снова оказалась в Мерлинвиле. А вообще, уезжала ли она из Франции? Очень сомневаюсь. Что ее здесь удерживало – надежда увидеть Жака Рено? Я ей сказал – мы тогда и сами так думали, – что он на пути в Буэнос-Айрес. Может быть, она уже знала, что «Анзора» не вышла в море. Но в таком случае она, должно быть, виделась с Жаком. Не эта ли мысль гонит Пуаро в

Англию? Ведь могло случиться, что Жак Рено, вернувшись, чтобы повидаться с Мартой Добрэй, вместо этого столкнулся неожиданно с Беллой Дьювин, с которой он поступил столь бессердечно.

Кажется, что-то начинает проясняться. Если все на самом деле произошло именно так, то у Жака будет алиби, которое ему необходимо. Однако в таком случае трудно объяснить его молчание. Почему бы ему не рассказать все честно и откровенно? Может быть, он боится, что слух о его прежнем увлечении дойдет до ушей мадемуазель Марты? Однако я отверг эту мыль. Нет, довольно цинично рассудил я, едва ли эта юная француженка, у которой ни гроша за душой, отвергнет сына миллионера из-за какой-то пустячной полудетской интрижки. Даже гораздо более веские причины не заставили бы мадемуазель Марту Добрэй отказаться от Жака Рено, которого она столь преданно любит, что тоже не следовало сбрасывать со счетов.

Мы благополучно прибыли в Дувр, и Пуаро сошел с парохода оживленный, с довольной улыбкой на губах. Путешествие до Лондона тоже обошлось без приключений. Было уже начало десятого, и я полагал, что мы отправимся прямо домой, а утром примемся за дела. Однако Пуаро был настроен иначе.

– Нельзя терять времени, *mon ami*. Правда, сообщения об аресте молодого Рено, скорее всего, появятся в газетах только послезавтра, тем не менее нам следует поспешить.

Я не очень понимал, к чему такая спешка, и только спросил, что он собирается предпринять, чтобы найти девушку.

– Помните Джозефа Ааронса, театрального антрепренера? Нет? Мне как-то пришлось помочь ему – дело касалось одного борца-японца. Так, пустяковое дельце, как-нибудь я расскажу вам. Уверен, что мистер Ааронс укажет нам, с чего начать поиски.

Однако найти мистера Ааронса оказалось не так-то просто, и только уже за полночь наши усилия увенчались успехом. Он радушно приветствовал Пуаро и выразил искреннюю готовность всячески услужить нам.

– Что касается театра и актеров, то мало найдется такого, чего бы я не знал, – заверил он нас, добродушно улыбаясь.

– *Eh bien*[1], мосье Ааронс, мне необходимо разыскать молодую девушку, которую зовут Белла Дьювин.

– Белла Дьювин… Это имя мне знакомо, но не могу сразу сообразить, где я слышал его. Она актриса? Чем она занимается?

– Этого я не знаю, но вот ее фотография.

Мистер Ааронс с минуту внимательно разглядывал ее, потом лицо его просияло.

– Вспомнил! – хлопнул он себя по лбу. – Это же «Крошки Далси-Белла», ей-ей!

– «Крошки Далси-Белла»?

– Ну да. Сестры-акробатки, но они еще танцуют и поют. Дают премиленькое небольшое представление. Сейчас они, кажется, где-то на гастролях, если только не уехали отдыхать. Последние две-три недели они как будто выступали в Париже.

– Не могли бы вы точно узнать, где они сейчас?

– Нет ничего проще! Спокойно идите домой, а утром получите от меня ответ.

Заручившись этим обещанием, мы расстались с мистером Ааронсом. Как оказалось, слово у него не расходится с делом. Поутру, часов в одиннадцать, мы получили наспех нацарапанную записку:

«Сестры Далси-Белла выступают в „Палас“, в Ковентри[2]. Желаю удачи».

Не медля ни минуты, мы кинулись в Ковентри. Пуаро не стал наводить справки в театре. Он ограничился тем, что заказал кресла в партере на вечернее представление.

Зрелище показалось мне удручающе нудным. Возможно, в этом повинно было мое дурное настроение. Семейка японцев выделывала на канате рискованные трюки, какие-то джентльмены с претензией на светскость, в видавших виды фраках, с фатовски прилизанными

---

[1] Здесь: ну, так вот (фр.).
[2] Ковентри – город в графстве Уоркшир в Центральной Англии.

волосами, безостановочно несли какую-то салонную чушь; танцевали они, впрочем, виртуозно. Потом вышла упитанная примадонна, обладательница столь высокого колоратурного сопрано, что оно почти выходило за пределы частот, воспринимаемых человеческим ухом. Комический актер, который силился подражать мистеру Джорджу Роуби[1] с блеском провалился.

Но вот наконец пришел черед «Крошек Далси-Белла». Сердце у меня бешено заколотилось. Да, это она, вернее, они, одна с соломенными волосами, другая – с черными, одинакового роста, обе в коротких пышных юбочках и блузках с огромными а la Бастер Браун[2] бантами. Они выглядели весьма пикантно, эти две очаровательные девчушки. Вот они запели, голосишки у них оказались хоть и небольшие, но свежие, верные и очень приятные.

В общем это было очень милое представление. Танцевали они довольно грациозно, а несложные акробатические трюки исполняли безукоризненно. Песенки были незамысловатые, но веселые и мелодичные. Словом, когда опустился занавес, сестер наградили дружными аплодисментами. Бесспорно, они пользовались успехом.

Внезапно я почувствовал, что больше не выдержу. На улицу, на свежий воздух! Я спросил Пуаро, не хочет ли он уйти.

– Нет, здесь довольно забавно. Я останусь до конца, а вы, мой друг, конечно же, ступайте. Увидимся позже.

Гостиница была в нескольких шагах от театра. Я поднялся в номер, заказал виски с содовой и сел, задумчиво потягивая его, уставившись в пустой камин. Услышав, как отворилась дверь, я обернулся, ожидая увидеть Пуаро, но тут же вскочил – в дверях стояла Сандрильона. Она заговорила срывающимся голосом, едва переводя дыхание:

---

[1] Джордж Роуби (1869–1954) – английский комический актер, выступавший не только в мюзик-холле, но и в театре и снимавшийся в кино.

[2] Бастер Браун – мальчик, одетый в курточку с отложным воротником и большим бантом; герой американского детского комикса.

– Я видела вас в партере. Вас и вашего друга. Я ждала вас на улице и, когда вы вышли, пошла за вами. Почему вы здесь, в Ковентри? Что вы делали в театре? Этот ваш друг, он – детектив, да?

Плащ, накинутый поверх костюма, в котором она выступала, спустился с плеч. Лицо под гримом было совершенно белым, а в голосе звучал страх. Тут-то я наконец все понял – и почему Пуаро разыскивал ее, и почему она насмерть напугана, и почему у меня так отчаянно сжимается сердце…

– Да, – сказал я как можно мягче.

– Он что, ищет меня? – спросила она едва слышно.

Видя, что я медлю с ответом, она тихо скользнула на пол подле массивного кресла и разразилась горькими слезами.

Я стал на колени рядом с ней, обнял ее и отвел волосы, упавшие ей на лицо.

– Не плачьте, дитя мое, ради всего святого, не плачьте. Здесь вы в безопасности. Я охраню вас. Не плачьте, моя дорогая. Только не плачьте. Я знаю… Я знаю все.

– Ах нет, вы не можете знать всего!

– Поверьте, мне все известно.

Минуту спустя, когда ее бурные рыдания немного стихли, я спросил:

– Это ведь вы взяли нож, правда?

– Да.

– Для этого вы и хотели, чтобы я вам все показал? А потом притворились, что вам дурно?

Она снова кивнула.

– Зачем вам понадобился нож? – спросил я немного погодя.

– Боялась, что на нем могли остаться отпечатки пальцев, – ответила она простодушно, совсем по-детски.

– Но вы же были в перчатках, разве вы не помните?

Она тряхнула головой, недоуменно глядя на меня, точно мой вопрос поставил ее в тупик, и едва слышно спросила:

– Вы хотите выдать меня полиции?

– Господи боже мой! Нет, конечно.

Она устремила на меня долгий испытующий взгляд, а потом спросила так тихо, точно боялась произнести эти слова:

– Не выдадите? Но почему?

Вы скажете, наверное, что я выбрал не слишком подходящее место и время для объяснения в любви. Впрочем, бог свидетель, я и сам представить себе не мог, что любовь настигнет меня в столь странных обстоятельствах. Я произнес те слова, которые подсказывало мне чувство:

– Потому что я люблю вас.

Она поникла головою, словно смутившись, и срывающимся голосом прошептала:

– Нет, вы не можете... не можете... если бы вы знали...

Потом, будто собравшись с духом, она посмотрела мне прямо в глаза и спросила:

– Так что же вам известно?

– Мне известно, что в тот вечер вы пришли, чтобы поговорить с мосье Рено. Он предложил вам деньги, но вы гневно порвали чек. Потом вы вышли из дома... – Я помедлил.

– Ну, вышла, а дальше?

– Не знаю, было ли вам точно известно, что Жак Рено приедет в Мерлинвиль в тот вечер, или вы просто надеялись, что вам повезет и вы увидитесь с ним, но только вы бродили где-то поблизости от виллы. Возможно, вы чувствовали себя столь несчастной, что шли куда глаза глядят, но, во всяком случае, около полуночи вы были поблизости от дома, и вы увидели на поле для гольфа мужчину...

Я снова умолк. Не успела она сегодня переступить порог моей комнаты, как в каком-то мгновенном озарении мне вдруг явилась истина, и сейчас я представлял себе все, что произошло тогда, так четко, будто видел все собственными глазами. В этой картине все встало на место – и плащ на мертвом мосье Рено, и поразившее меня сходство мосье Жака с отцом: когда он ворвался в гостиную, мне на мгновенье показалось, что покойник ожил.

– Продолжайте же, – настойчиво требовала Сандрильона.

– Вероятно, он стоял спиной к вам, но вы узнали его, вернее, вы думали, что узнали Жака Рено. Походка, осанка, посадка головы, даже плащ – все было так хорошо знакомо вам.

Я помедлил минуту.

– В одном из писем к Жаку Рено вы грозили ему местью. Когда вы увидели его, вы потеряли голову от гнева и ревности… и ударили его ножом! Вы не хотели убивать его, я ни секунды в этом не сомневаюсь. Но вы его убили, Сандрильона.

Она закрыла лицо руками и сдавленным голосом прошептала:

– Вы правы… правы… У меня все это будто стоит перед глазами…

Потом она вскинула голову и выкрикнула резко, почти гневно:

– И вы любите меня? Разве можно любить меня теперь, когда вы все знаете?

– Не знаю, – устало вздохнул я. – Наверное, с любовью ничего уж не поделаешь. Я пробовал противиться ей с того самого первого раза, как увидел вас, но чувство оказалось сильнее меня.

И тут вдруг, когда я меньше всего ожидал, с ней снова началась истерика. Она бросилась на пол и отчаянно зарыдала.

– О нет! Нет! Я не вынесу этого! – кричала она. – Что мне делать! Я не знаю! Не знаю! О горе мне! Хоть бы кто-нибудь научил, что мне теперь делать!

Я снова опустился на колени рядом с ней, стараясь как мог успокоить ее.

– Не бойтесь меня, Белла. Ради бога, не бойтесь. Я люблю вас, но, поверьте, моя любовь ни к чему вас не обязывает. Позвольте только помочь вам. Любите его, если хотите, но позвольте мне помочь вам, раз он этого не может.

Мои слова произвели на нее неожиданное действие – она точно окаменела. Потом отвела руки от лица и уставилась на меня.

– Так вы думаете, что я?.. – шепотом проговорила она. – Вы думаете, что я люблю Жака Рено?

И тут она, улыбаясь сквозь слезы, порывисто обвила мою шею руками и прижалась ко мне нежной мокрой щекой.

– Вас я люблю несравненно сильнее, – шептала она. – Его я никогда так не любила!

Она коснулась губами моей щеки, потом моих губ… Она целовала меня так нежно, так горячо… Ее порыв был столь неистов и неожидан, столь непосредствен и искренен, что, проживи я хоть целую вечность, этой минуты мне не забыть никогда!

В этот момент дверь скрипнула, мы обернулись – на пороге стоял Пуаро и молча смотрел на нас.

Я не колебался ни секунды. Одним прыжком я преодолел расстояние, разделяющее нас, и сжал его мертвой хваткой так, что он не мог шевельнуть ни рукой, ни ногой.

– Скорей! – крикнул я девушке. – Бегите! Бегите же! Я задержу его!

Бросив мне прощальный взгляд, она скользнула мимо нас и пустилась наутек. А я держал Пуаро в своих железных объятиях.

– *Mon ami,* – заметил Пуаро кротко, – вот уж в чем вам не откажешь, так это в физической силе. Стоит такому молодцу, как вы, зажать меня стальной хваткой, и я беспомощен, как ребенок. Однако согласитесь, беседовать в таком положении крайне затруднительно. Да и вообще все это просто смешно. Давайте сядем и спокойно поговорим.

– А вы не погонитесь за ней?

– *Mon Dieu!* Конечно, нет. Ведь я не Жиро. Сделайте милость, освободите меня.

Я не спускал с него подозрительного взгляда, отлично понимая, что не могу тягаться с ним в хитрости и проницательности, но хватку все же ослабил, и он опустился в кресло, заботливо ощупывая свои руки.

– Ну и силища у вас, Гастингс, точно у разъяренного быка, право! *Eh bien,* не кажется ли вам, что вы дурно обошлись со своим старым другом, а? Я показываю вам фотографию, вы узнаете вашу знакомую, а мне – ни слова.

– Какая в этом нужда, если вы сами все поняли? – с горечью сказал я.

Конечно, Пуаро сразу догадался, что я узнал на фотографии Беллу! Никогда мне не удавалось его провести!

– О-ля-ля! Вы же не знали, что я догадался. Ну хорошо, а сегодня вы помогли ей сбежать. И это после того, как мы с таким трудом нашли ее. *Eh bien!* Решайте, Гастингс, вы по-прежнему заодно со мной или теперь уже против меня?

Минуту-две я медлил с ответом. Порвать со старым другом? Это было бы ужасно. Однако сейчас я обязан решительно воспротивиться его намерениям. Простит ли он мне когда-нибудь мое предательство? Пока он хранит удивительное спокойствие, но я-то знаю, какая невероятная у него выдержка.

– Пуаро, – начал я, – простите меня. Вы правы, я дурно поступил с вами. Но порой у человека просто нет выбора. Что же касается дальнейшего, то мне придется вести свою собственную линию.

Пуаро слушал меня, кивая головой.

– Понимаю, – сказал он.

Насмешливый огонек, который светился в его взгляде, внезапно угас, и он заговорил с неожиданной добротой и искренностью:

– Кажется, вы влюбились, мой друг, а? Правда, видимо, вы совсем иначе представляли себе это чувство. Ваше воображение, наверное, рисовало вам любовь как сплошное ликование. Но трагедия и смерть омрачили ваше чувство. Да-да, я ведь предупреждал вас. Когда я понял, что нож взяла эта девушка, я вас предупредил. Вы, вероятно, помните. Но, видимо, было уже слишком поздно. Однако скажите же мне, что вы узнали у мисс Дьювин?

И я ответил, глядя прямо ему в глаза:

– Можете говорить что угодно, Пуаро, меня ничего не удивит. Учтите это. И если вы намерены снова пуститься на поиски мисс Дьювин, мне хотелось бы, чтобы вы знали: она не замешана в этом преступлении, и таинственная незнакомка, посетившая мосье Рено в вечер убийства, вовсе не мисс Дьювин. В тот самый день я возвращался из Франции вместе с нею, и мы вечером расстались на вокзале Виктория, так что она никак не могла быть той ночью в Мерлинвиле.

– Ну-ну… – сказал Пуаро, задумчиво глядя на меня. – И вы могли бы подтвердить это в суде под присягой?

– Да, мог бы.

Пуаро встал и отвесил мне низкий поклон.

– *Mon ami! Vive l'amour!* [1] Она творит чудеса. Решительно заявляю: ваша версия – чудо изобретательности. И я, Эркюль Пуаро, склоняю перед вами голову.

[1] Да здравствует любовь! (фр.)

Глава 23. Новые испытания

Момент высшего душевного подъема неизбежно сменяется некоторой подавленностью. Спать я лег с сознанием одержанной победы. Пробуждение мое, однако, было не столь безоблачным – я вдруг ясно осознал, с какими трудностями предстоит мне столкнуться в скором будущем. Правда, мое внезапное озарение, кажется, обеспечивало Белле безупречное алиби. Нужно только твердо стоять на своем, и тогда пусть кто-нибудь попробует обвинить ее.

Тем не менее я чувствовал, что должен быть начеку. Пуаро не из тех, кто легко сдает свои позиции. Так или иначе, он приложит все усилия, чтобы взять верх, причем сделает это с присущей ему ловкостью и именно в тот момент, когда я меньше всего этого ожидаю. Утром мы встретились с ним за завтраком как ни в чем не бывало. Мой друг, очевидно, пребывал в самом благодушном настроении, однако я заметил в его поведении некоторую сдержанность. Это было что-то новое. Я сообщил ему, что намерен после завтрака отправиться на прогулку. Коварный огонек мелькнул в глазах Пуаро.

– Если вы хотите разузнать что-либо, то не стоит утруждать себя. Я могу снабдить вас исчерпывающей информацией. «Крошки Далси-Белла» расторгли контракт и отбыли в неизвестном направлении.

– Вы знаете это наверное, Пуаро?

– Можете на меня положиться, Гастингс. Первое, что я сделал сегодня утром, – так это навел справки. В конце концов, чего еще вы ожидали?

И впрямь, учитывая все обстоятельства, ничего другого предполагать не приходилось. Сандрильона воспользовалась той возможностью, которую я ей предоставил, и, конечно же, поспешила ускользнуть от своего преследователя. Собственно, именно этого я и добивался. Тем не менее я сознавал, что вокруг меня смыкается кольцо новых трудностей.

Я был лишен всякой возможности сообщаться с Беллой, а ведь ей крайне важно было знать, какая спасительная для нее мысль так счастливо пришла мне в голову и как я собираюсь теперь воздвигать оборонительный рубеж. Разумеется, она могла бы попытаться послать мне весточку, но, видимо, это маловероятно. Ведь она понимает, что такой шаг крайне рискован – Пуаро может перехватить письмо и снова напасть на ее след. Единственное, что ей остается сейчас, – это бесследно исчезнуть.

Однако чем же заняты мысли Пуаро? Я испытующе всматривался в него. А он с невинным видом рассеянно глядел куда-то в пространство. Но уж слишком безмятежный, слишком безразличный вид был у него, и это настораживало меня. Я знал по опыту – чем простодушнее выглядел Пуаро, тем более опасные для его противников планы зрели у него в голове. Его подчеркнутое спокойствие вызывало во мне тревогу. Заметив мой обеспокоенный взгляд, он добродушно улыбнулся.

– Кажется, вы озадачены, Гастингс? Вероятно, вас удивляет, что я не кинулся в погоню за мисс Дьювин?

– Ну, в общем, да.

– Будь вы на моем месте, вы бы, конечно, именно это и сделали. И я вас понимаю. Однако я не из тех, кто мечется туда-сюда и ищет иголку в стоге сена, как говорят у вас в Англии. Нет уж, гоняться за мадемуазель Беллой Дьювин я не намерен. Никуда она от меня не денется, когда надо будет, найду. А пока можно и подождать.

Я недоверчиво смотрел на него. А что, если он старается усыпить мою бдительность? И все-таки даже сейчас он остается хозяином положения, раздраженно думал я. Чувство превосходства, которое зародилось было во мне по отношению к моему другу, понемногу улетучивалось. Правда, мне удалось помочь Белле бежать. К тому же я придумал блестящий ход, обеспечивающий ей неопровержимое алиби, однако тревожные мысли не давали мне покоя. Подчеркнутая невозмутимость Пуаро рождала в моей душе дурные предчувствия.

– Вероятно, – начал я робко, – мне не следует интересоваться вашими планами? Я ведь утратил это право.

– Ничуть не бывало. Я не скрываю своих намерений. Мы немедленно возвращаемся во Францию.

– Мы?

– Я не оговорился, именно мы! Вы ведь не захотите выпустить папашу Пуаро из поля зрения, правда? Или я ошибаюсь, мой друг? Разумеется, вы можете остаться в Англии, если пожелаете…

Остаться? Ну уж нет! Он попал, как говорится, не в бровь, а в глаз. Действительно, я не должен упускать его из виду. Уж если я теперь не могу рассчитывать на его доверие, то хотя бы должен следить за его действиями. Единственный, кто мог быть опасен для Беллы, так это Пуаро. Ни Жиро, ни французская полиция не интересовались ею. Стало быть, я не должен спускать с него глаз, чего бы мне это ни стоило.

Пуаро внимательно наблюдал за мной, видимо прекрасно понимая ход моих мыслей, потом удовлетворенно кивнул.

– Ну, как, разве я не прав? Вы ведь все равно будете следить за мной, да еще устроите, упаси боже, какой-нибудь глупый маскарад – с вас станется! – наклеите бороду, например, причем за версту будет видно, что она фальшивая. Меня бы крайне огорчило, если бы над вами стали потешаться. Потому я предпочитаю, чтобы мы поехали во Францию вместе.

– Пожалуй, я не прочь. Но я хочу честно предупредить вас…

– Знаю-знаю: вы – мой противник. Ладно, согласен. Это меня нимало не тревожит.

– Если все будет честно и благородно, я не прочь.

– Ох уж эти англичане с их «честной игрой»! Ну хорошо, теперь ваша щепетильность удовлетворена и мы можем не медля отправиться в путь. Времени терять нельзя. В Англию мы съездили не зря, я вполне удовлетворен – узнал все, что хотел.

Говорил Пуаро самым беззаботным тоном, однако мне послышалась в его словах скрытая угроза.

– И все же… – начал я и запнулся.

– Что «все же»? Вы ведь довольны ролью, которую играете теперь, так ведь? Ну а я – мне предстоит заняться Жаком Рено.

Жак Рено! Я содрогнулся, когда Пуаро произнес это имя. Я совсем забыл о нем. Жак Рено, томящийся в тюрьме. Жак Рено, над которым нависла тень гильотины. Моя роль в его судьбе предстала во всем ее зловещем свете. Я могу спасти Беллу, да, но какой ценою? Обрекая на смерть ни в чем не повинного юношу!

Я с ужасом отогнал от себя страшную мысль. Этого нельзя допустить. Жак Рено должен быть оправдан. Разумеется, его оправдают! Однако леденящий ужас вновь охватил меня. А если не оправдают? Что тогда? Могу ли я взять такой грех на душу? Какая страшная мысль! Неужели дойдет до этого? Неужели мне придется выбирать – Белла или Жак Рено? Сердце побуждало меня спасать девушку, которую я люблю, чего бы мне это ни стоило. Но ведь цена – чужая жизнь, а это меняет дело.

А что скажет сама Белла? Я вспомнил, что в разговоре с ней ни словом не обмолвился об аресте Жака Рено. Она еще не знает, что ее бывший возлюбленный в тюрьме и обвиняется в жесточайшем преступлении, которого не совершал. Как она поведет себя, когда ей все станет известно? Пожелает ли спасти себя ценою его жизни? Конечно, она не должна совершать безрассудных поступков. Возможно, и даже наверное, Жака Рено оправдают и без ее участия. Ах, хорошо бы! А если нет? Ужасный вопрос, на который невозможно дать ответ. Но ведь Сандрильоне не грозит самое страшное наказание. У нее же совсем иные мотивы преступления. Она могла совершить его в порыве ревности, не владея собой. Ее юность и красота, конечно, тронут присяжных. Правда, пострадал не Жак Рено, а его отец, однако мотивы убийства от этого не меняются. Но в любом случае, сколь бы снисходителен ни был приговор суда, долгого тюремного заключения ей не миновать.

Нет, необходимо защитить Беллу. И в то же время спасти Жака Рено. Я плохо представлял себе, как это сделать, и все свои надежды возлагал на Пуаро. Уж он-то знает. Так или иначе, он сумеет спасти ни в чем не повинного юношу. Он должен найти какую-нибудь зацепку.

Вероятно, это будет нелегко, но Пуаро справится с этим. И Белла останется вне подозрений, и Жака Рено оправдают, как-нибудь все уладится.

Снова и снова успокаивал я себя, но в глубине моей души таился страх.

Глава 24. «Спасите его!»

Вечерним рейсом мы отплыли из Англии, и утро следующего дня застало нас в Сен-Омере, куда был отправлен Жак Рено. Не теряя времени, Пуаро разыскал мосье Отэ. Мой друг не имел ничего против моего присутствия, и я составил ему компанию.

После долгих и утомительных переговоров нас проводили в кабинет следователя, который весьма сердечно нас приветствовал.

– А мне говорили, что вы вернулись в Англию, мосье Пуаро. Признаться, рад, что слух оказался ошибочным.

– Но я действительно был там, мосье Отэ, правда, совсем недолго. Некий второстепенный вопрос, однако, полагаю, заслуживающий внимания.

– В самом деле?..

Пуаро пожал плечами. Мосье Отэ, вздохнув, покачал головой.

– Боюсь, нам придется покориться неизбежному. Этот каналья Жиро – какие у него, однако, отвратительные манеры! – без сомнения, способный сыщик. Такие редко ошибаются.

– Вы так думаете?

Следователь, в свою очередь, пожал плечами.

– Ну, честно говоря, – между нами, разумеется, – можно ли прийти к иному заключению?

– Если честно, на мой взгляд, в версии Жиро есть много темных мест.

– Например?

Однако Пуаро предпочел не вдаваться в подробности.

– Я пока еще не готов назвать что-либо определенное, – ответил он уклончиво. – Могу лишь высказать некоторые общие соображения. Молодой Рено мне симпатичен, и я просто не могу поверить, что он виновен в этом ужасном преступлении. Кстати, сам он говорит что-нибудь?

Следователь нахмурился.

– Не понимаю его. Похоже, он совсем не способен защитить себя. Невероятно трудно заставить его отвечать на вопросы. Он отрицает свою вину, и все, а в остальном замыкается в упорном молчании. Завтра я снова буду его допрашивать. Может быть, вы пожелаете присутствовать?

Мы с готовностью приняли приглашение мосье Отэ.

– Какая трагедия, – вздохнул следователь. – Я так сочувствую мадам Рено.

– Каково сейчас ее состояние?

– Она еще не приходила в сознание. Но для нее это благо – она избавлена от лишних страданий. Доктора говорят, что опасность миновала, но, когда она придет в себя, ей необходим будет полный покой. Насколько я понимаю, ее теперешнее состояние вызвано не только падением, но и нервным шоком. Если она повредится в уме, будет просто ужасно. Но я бы тому, право, нисколько не удивился.

Мосье Отэ откинулся в кресле, покачивая головой с видом скорбного удовлетворения, – самые мрачные его предчувствия оправдывались.

Наконец он очнулся и, спохватившись, сказал:

– Совсем забыл! У меня ведь письмо для вас, мосье Пуаро. Сейчас… Куда же я его засунул?

Он принялся рыться в своих бумагах. Найдя наконец послание, протянул его Пуаро.

– Оно было адресовано мне, с тем чтобы я передал его вам, – объяснил мосье Отэ. – Но вы не оставили своего адреса.

Пуаро с любопытством осмотрел конверт. Адрес был написан наклонным размашистым почерком, явно женским. Вскрывать письмо Пуаро не стал, он сунул его в карман и поднялся.

– Ну что ж, до завтра, мосье Отэ. Сердечно признателен за вашу любезность и дружеское расположение.

– Не стоит благодарности. Всегда к вашим услугам.

При выходе мы нос к носу столкнулись с мосье Жиро, еще более щеголеватым, чем обычно, и источающим самодовольство.

– А! Мосье Пуаро, – развязно бросил он. – Уже вернулись из Англии?

– Как видите, – ответил Пуаро.

– По-моему, дело идет к концу.

– Согласен с вами, мосье Жиро.

Удрученный вид Пуаро, его сдержанные ответы, казалось, доставляли Жиро необычайное удовольствие.

– Ну и тип этот Рено! Не могу его понять! Даже защищаться не хочет. Поразительно!

– И это заставляет призадуматься, а? – кротко заметил Пуаро.

Жиро, однако, и не думал прислушаться к словам моего друга. Легкомысленно поигрывая тростью, он небрежно бросил:

– Ну что ж, всего хорошего, мосье Пуаро. Рад за вас. Наконец-то вы убедились, что молодой Рено виновен.

– *Pardon!* Ничуть не бывало! Жак Рено невиновен.

Жиро изумленно застыл, а потом разразился смехом и бросил, многозначительно постучав себя по лбу:

– Чокнутый!

Пуаро выпрямился, в глазах его вспыхнул опасный огонек.

– Мосье Жиро, вы все время позволяете себе оскорбительные замечания на мой счет. Придется вас проучить. Готов держать пари на пятьсот франков, что найду убийцу мосье Рено прежде вас. Согласны?

Жиро удивленно уставился на него и снова пробормотал:

– Чокнутый!

– Ну как, – гнул свое Пуаро, – согласны?

– Не желаю даром брать ваши деньги.

– Будьте покойны – вы их не получите!

– Ладно, согласен! Вас, говорят, шокируют мои манеры, ну так ваши тоже сидят у меня в печенках!

– Счастлив слышать, – сказал Пуаро. – Прощайте, мосье Жиро. Пойдемте, Гастингс.

Мы молча шли по улице. На сердце у меня было тяжело. Пуаро слишком ясно дал понять, что он намерен делать, и я больше, чем когда-либо, сомневался, удастся ли мне спасти Беллу. Эта злосчастная стычка с Жиро привела его в раздражение, и теперь он будет из кожи вон лезть, чтобы взять верх над заносчивым малым.

Неожиданно я почувствовал чью-то руку у себя на плече и, обернувшись, увидел Габриеля Стонора. Мы остановились и раскланялись с ним. Он вызвался проводить нас до гостиницы.

– Что вы здесь делаете, мосье Стонор? – спросил Пуаро.

– Недостойно бросать друзей в беде, – сдержанно ответил тот. – Особенно если их обвиняют напрасно.

– Значит, вы не верите, что Жак Рено виновен? – спросил я с надеждой.

– Разумеется, нет. Я хорошо знаю мальчика. Признаюсь, в этом деле кое-что ставит меня в тупик, но тем не менее никогда не поверю, что Жак Рено убийца, хотя ведет он себя очень глупо.

Я тотчас проникся самыми теплыми чувствами к этому человеку. Его слова снимали непосильное бремя, тяготившее мою душу.

– Не сомневаюсь, что многие думают так же, как вы! – воскликнул я горячо. – Ведь против Жака Рено почти нет улик. Его оправдают, нисколько не сомневаюсь в этом.

Однако Стонор ответил совсем не то, что я так жаждал услышать.

– Я бы многое отдал, чтобы разделить вашу уверенность, – мрачно сказал он и обратился к Пуаро: – А каково ваше мнение, мосье?

– Думаю, что обстоятельства складываются весьма и весьма неблагоприятно для мосье Жака, – ответил Пуаро спокойно.

– Вы считаете его виновным? – живо спросил Стонор.

– Нет. Просто думаю, ему нелегко будет доказать свою невиновность.

– Почему, черт побери, он так странно ведет себя… – пробормотал Стонор. – Понятно, дело это гораздо сложнее, чем кажется на первый взгляд. Жиро в нем не разобраться – не его стихия… И все же чертовски странное дело! И тут чем меньше слов, тем лучше. Если мадам Рено хочет что-то скрыть, я ее поддержу. Дело в первую очередь касается именно ее, а я слишком уважаю ее суждения и не собираюсь вмешиваться в ее дела. Но поведение Жака я не могу одобрить. Порой кажется, он хочет, чтобы его считали виновным.

– Но это же нелепость! – вмешался я. – Во-первых, нож… – Тут я умолк, ибо не знал, как примет Пуаро мои откровения. Но потом все же продолжил, осторожно выбирая слова: – Мы ведь знаем, что в тот вечер у Жака Рено не было при себе этого ножа. Мадам Рено может подтвердить.

– Конечно, – сказал Стонор. – Когда она придет в себя, то, без сомнения, расскажет и об этом, и о многом другом. Ну что ж, мне пора.

– Одну минуту. – Пуаро жестом остановил его. – Не могли бы вы известить меня, как только к мадам Рено вернется сознание?

– Разумеется. Нет ничего проще.

– По-моему, довод, касающийся ножа, довольно убедителен, – снова заговорил я, когда мы поднимались наверх. – Я не стал говорить в открытую при Стоноре.

– И правильно сделали. Лучше помалкивать до поры до времени. Но относительно ножа должен вас огорчить – вряд ли этот довод поможет Жаку Рено. В то утро, когда мы уезжали из Лондона, я на час отлучился, помните?

– И что же?

– Ну так вот, я разыскивал мастерскую, где Жак Рено заказывал ножи. Это оказалось нетрудно. *Eh bien,* Гастингс, они сделали по его заказу не два ножа, а три.

– Значит…

– Значит, один был подарен мадам Рено, другой – Белле Дьювин, а третий Жак оставил себе. Боюсь, Гастингс, эта история с ножами не поможет нам спасти Жака Рено от гильотины.

– Нет, до этого не дойдет! – вскричал я испуганно.

Пуаро с сомнением покачал головой.

– Вы его спасете! – уверенно воскликнул я.

Пуаро бесстрастно посмотрел на меня.

– Вы же сами лишили меня этой возможности, мой друг.

– Но должен же быть и какой-то другой выход, – пробормотал я.

– Черт побери! Вы хотите, чтобы я сотворил чудо. Хватит, довольно об этом. Давайте лучше посмотрим, что там в письме.

С этими словами он вытянул из кармана пиджака конверт.

По мере того как он читал, лицо его все мрачнело. Потом он протянул тоненький листок мне:

– Вот еще одна женщина, сраженная горем!

Почерк был неразборчивый, видно, писали в страшном волнении.

«Дорогой мосье Пуаро!

Если это письмо дойдет до Вас, умоляю прийти на помощь. Мне не к кому больше обратиться. Жака надо спасти во что бы то ни стало. На коленях умоляю Вас помочь нам.

Марта Добрэй».

Глубоко взволнованный, я вернул ему записку.

– Вы поедете?

– Немедленно. Надо заказать автомобиль.

Не прошло и получаса, как мы завидели виллу «Маргерит». Марта вышла встретить нас и повела в дом, вцепившись обеими руками в руку Пуаро.

– Ах, наконец-то вы приехали… Как вы добры! Я просто в отчаянии, не знаю, что и делать. Меня даже не пускают к нему в тюрьму. Я так страдаю. Просто с ума схожу. Они говорят, что он не отрицает своей вины. Это правда? Но ведь это безумие, не может быть! Он не мог убить отца. Никогда этому не поверю.

– Я тоже не верю в это, мадемуазель, – мягко сказал Пуаро.

– Тогда почему он ничего не говорит? Не понимаю!

– Возможно, он выгораживает кого-то, – заметил Пуаро, пристально глядя на девушку.

Марта нахмурилась.

– Выгораживает? Вы думаете, свою мать? Ах, я с самого начала подозревала ее. Кто наследует все огромное состояние? Она. Ей ничего не стоит, облачившись в траур, лицемерно разыграть неутешное горе. Говорят, когда Жака арестовали, она упала, вот так!

И Марта, закатив глаза, сделала вид, что теряет сознание.

– Уверена, мосье Стонор, секретарь, помог ей. Они давно спелись, эта парочка. Правда, она старше его, но какой мужчина посмотрит на это, если женщина так богата!

В ее тоне слышалось ожесточение.

– Но Стонор был в Англии, – заметил я.

– Это он так говорит, а что было на самом деле?

– Мадемуазель, – терпеливо начал Пуаро, – если мы беремся помогать друг другу, мы должны быть искренни. Во-первых, я хотел бы задать вам один вопрос.

– Да, мосье?

– Известна ли вам настоящая фамилия вашей матери?

Марта с минуту смотрела на него в оцепенении, потом, уронив голову на руки, разразилась слезами.

– Ну-ну, – сказал Пуаро, касаясь ее плеча. – Успокойтесь, дитя мое. Вижу, вы все знаете. А теперь второй вопрос: известно ли вам, кто такой был мосье Рено?

– Мосье Рено? – Она отняла руки от лица и недоуменно посмотрела на Пуаро.

– А! Этого, кажется, вы не знаете. А теперь выслушайте меня внимательно.

И он принялся рассказывать ей, как рассказывал мне в день нашего отъезда в Англию. Марта слушала, затаив дыхание. Когда он умолк, она глубоко вздохнула.

– Удивительно… великолепно! Вы самый великий сыщик в мире!

И с чисто французским пристрастием к театральным эффектам она живо соскользнула с кресла и опустилась перед ним на колени.

– Спасите его, мосье! – воскликнула она. – Я так люблю его! О! Спасите его, спасите!

Глава 25. Неожиданная развязка

Наутро мы присутствовали при допросе Жака Рено. Я был поражен, как сильно он изменился за такое короткое время. Щеки у него ввалились, под глазами легли глубокие темные круги, лицо было осунувшееся и изможденное. Казалось, он не спал несколько ночей подряд. При виде нас он не проявил никакого интереса.

– Рено, – начал следователь, – вы отрицаете, что были в Мерлинвиле в ночь, когда было совершено убийство?

Жак поначалу ничего не ответил, потом забормотал с жалким и растерянным видом:

– Я… я… уже говорил вам, что был в… Шербуре.

Следователь нетерпеливо обернулся:

– Введите свидетелей.

В тот же миг двери отворились и вошел человек, в котором я узнал носильщика Мерлинвильского вокзала.

– Вы дежурили в ночь на седьмое июня?

– Да, мосье.

– Вы видели, как прибыл поезд в одиннадцать часов сорок минут?

– Да, мосье.

– Посмотрите на арестованного. Узнаете ли вы в нем одного из пассажиров, высадившихся из этого поезда?

– Да, мосье.

– Не ошибаетесь ли вы?

– Нет, мосье. Я хорошо знаю мосье Жака Рено.

– Не путаете ли вы дату?

– Нет, мосье. Ведь на следующее утро, восьмого июня, мы узнали об убийстве.

Потом ввели еще одного станционного служащего, который подтвердил показания носильщика. Следователь снова обратился к Жаку Рено:

– Эти люди без колебаний опознали вас. Что вы можете сказать?

Жак пожал плечами.

– Ничего.

– Рено, – продолжал следователь, – узнаете ли вы это?

Мосье Отэ взял что-то со стола и протянул арестованному. Я вздрогнул – это был хорошо знакомый мне нож.

– Извините! – воскликнул адвокат Жака, мэтр Гросье. – Я требую, чтобы мне дали возможность поговорить с моим подзащитным, прежде чем он ответит на этот вопрос.

Однако Жак Рено не обратил ни малейшего внимания на протест мэтра Гросье.

– Конечно, узнаю. Этот нож я подарил матушке в память о войне.

– Не скажете ли вы, имеется ли второй такой нож?

Мэтр Гросье снова хотел было разразиться тирадой, но Жак даже не взглянул на него.

– Насколько мне известно, нет. Форму его я придумал сам.

Тут даже у следователя челюсть отвисла. Казалось, Жак сам рвется навстречу смерти. Я понимал, разумеется, что для него сейчас самое важное – ради безопасности Беллы скрыть, что есть второй такой нож. Покуда считается, что в деле фигурирует только один нож, на девушку едва ли падет подозрение. Он рыцарски защищал женщину, которую любил прежде. Но какой ценой! Тут только я понял, сколь легкомысленно поступил, поставив Пуаро перед почти неразрешимой задачей. Как можно снять подозрения с Жака Рено, не открыв всей правды?

Мосье Отэ снова заговорил, на этот раз с особенной язвительностью:

– Мадам Рено показала, что в тот вечер, когда было совершено преступление, этот нож лежал у нее на ночном столике. Но мадам Рено – мать! Думаю, вас не удивит, если я сочту весьма вероятным, что мадам Рено ошиблась и что, может быть, случайно вы прихватили нож с собой, когда уезжали в Париж. Не сомневаюсь, что вы попытаетесь мне возразить…

Я заметил, как у Жака судорожно сжались кулаки закованных в наручники рук. На лбу у него выступили капли пота, и он, сделав над собой страшное усилие, хрипло выдавил:

– Я не стану вам возражать. Это могло быть и так.

Все присутствующие оцепенели. Мэтр Гросье вскочил с места:

– Мой подзащитный перенес нервный шок! Я считаю, что он не способен отвечать за свои слова. Прошу зафиксировать…

Следователь раздраженно прервал его. На миг мне показалось, что и он сомневается, в своем ли уме арестованный. Да, Жак Рено явно обрекал себя на гибель. Мосье Отэ подался вперед и впился в него испытующим взглядом.

– Вполне ли вы понимаете, Рено, что на основании ваших ответов мне не остается ничего, как только предать вас суду?

Бледное лицо Жака вспыхнуло, но он твердо выдержал взгляд следователя.

– Мосье Отэ, клянусь, я не убивал отца.

Однако сомнения, овладевшие было мосье Отэ, уже рассеялись. Он как-то неприятно хохотнул.

– Конечно, конечно! Наши арестованные всегда невиновны! Вы сами вынесли себе приговор. Вы не можете защитить себя, у вас нет алиби… Только клянетесь, что не убивали. Но кто вам поверит? Разве что ребенок? Вы, вы убили отца, Рено… Убили жестоко и трусливо… Убили ради денег, ведь вы думали, что они достанутся вам. Ваша мать – косвенная соучастница преступления. Конечно, приняв во внимание ее материнские чувства, судьи окажут ей снисхождение. Ей, но не вам. И поступят совершенно справедливо! Ибо ваше деяние – ужасно! Ни суд людской, ни суд небесный не пощадят вас!

Тут поток красноречия мосье Отэ, к его величайшему неудовольствию, был внезапно прерван. Дверь с шумом отворилась.

– Господин следователь! Господин следователь! – Служитель даже заикался от волнения. – Там дама, она говорит… говорит…

– Кто там еще? Что говорит? – загремел вне себя от гнева следователь. – Вы нарушаете закон! Я запрещаю! Решительно запрещаю!

Но тут-то тоненькая девушка оттолкнула жандарма и переступила порог. Одета она была во все черное, лицо скрывала густая вуаль.

Сердце у меня болезненно сжалось. Все-таки она пришла! Все мои усилия пошли прахом. Однако какое же благородство! Как бестрепетно совершила она этот роковой шаг!

Девушка подняла вуаль… и я остолбенел. Это не Сандрильона, хоть и похожа на нее как две капли воды. Теперь, когда она была без светлого парика, в котором выступала на сцене, я понял, что именно ее фотографию нашел Пуаро в шкафу у Жака.

– Вы следователь мосье Отэ? – спросила она.

– Да, но я запрещаю…

– Мое имя – Белла Дьювин. Я пришла признаться в том, что убила мосье Рено.

Глава 26. Я получаю письмо

«Мой друг.

Вы уже будете знать все, когда получите это письмо. Как я ни старалась, мне не удалось уговорить Беллу. Она решила покориться своей участи. Я устала бороться с нею.

Теперь Вы знаете, что я обманывала Вас. Вы доверяли мне, а я платила Вам ложью. Возможно, Вы сочтете мое поведение непростительным, однако мне все-таки хотелось бы, прежде чем я навсегда уйду из Вашей жизни, просто рассказать Вам, как все это получилось. Если бы я знала, что Вы можете простить меня, мне было бы легче жить! Единственное, что я могу сказать в свое оправдание, – я делала все это не ради себя.

Начну с того дня, когда мы с Вами встретились в поезде. Я тогда очень тревожилась о Белле. Она была в отчаянии. Она так любила Жака Рено и, кажется, на все готова была ради него. Когда он вдруг переменился к ней и почти перестал писать, она заподозрила, что он увлекся другой девушкой, и, как оказалось впоследствии, была совершенно права. Тогда Белла вбила себе в голову, что должна поехать в Мерлинвиль и повидать Жака. Она знала, что я не одобряю этой затеи, и постаралась улизнуть от меня. Когда я убедилась, что ее нет в поезде, то решила не возвращаться в Англию без нее. У меня было такое чувство, что, если я не вмешаюсь, произойдет что-то ужасное.

Я дождалась следующего поезда из Парижа и встретила Беллу. Она решительно объявила мне, что едет в Мерлинвиль. Я пыталась отговорить ее, но из этого ничего не вышло. Она была взвинчена до крайности, кричала, что будет поступать так, как находит нужным, и что это не мое дело. Ну что ж, тогда я сказала, что умываю руки. В конце концов, я сделала все, что могла! Было уже поздно, и я пошла в гостиницу, а Белла отправилась в Мерлинвиль. Я никак не могла отделаться от ощущения, которое в романах называют предчувствием неминуемой беды.

Настало утро, а Беллы все не было. Мы с ней заранее условились, что встретимся здесь, в гостинице. Я ждала весь день, но от нее не было никаких вестей. Тревога все больше овладевала мною. А из вечерних газет я узнала об убийстве в Мерлинвиле.

Ужас охватил меня! Конечно, полной уверенности в том, что Белла замешана в преступлении, у меня не было, но напугана я была страшно. Я рисовала себе жуткую картину – вот Белла встречается с отцом Жака, рассказывает ему обо всем, он оскорбляет ее, ну и так далее. Дело в том, что мы обе ужасно вспыльчивы.

Потом до меня дошел слух об этих иностранцах в масках, и я немного успокоилась. Однако я не могла понять, куда исчезла Белла, и потому тревожилась.

К следующему утру я уже не находила себе места и решила поехать в Мерлинвиль и попытаться разузнать что-нибудь. Тут-то я и наткнулась на Вас. Что было потом, Вам известно... Когда я увидела покойника, поразительно похожего на Жака, да еще и одетого точно в такой же плащ, как у Жака, я все поняла! Ко всему прочему я узнала нож – о, этот злосчастный нож! – Жак подарил его Белле! Я была совершенно уверена, что на нем отпечатки пальцев Беллы. Не берусь описать страх и отчаяние, которые испытала я в ту минуту. Я видела только один выход – необходимо взять нож и как можно скорее бежать оттуда, пока никто не хватился. Я притворилась, что теряю сознание, Вы пошли за водой, а я взяла нож и спрятала его под одеждой.

Я сказала Вам, что остановилась в гостинице «Отель дю Фар», а на самом деле отправилась прямиком в Кале, а оттуда первым пароходом в Англию. Этот проклятый нож я выбросила в море, где-то посередине между Англией и Францией. И тут только смогла наконец вздохнуть свободно.

Беллу я нашла в Лондоне, в нашей квартире. На ней буквально лица не было. Я рассказала ей о том, что мне удалось сделать, и добавила, что теперь она в безопасности. Она посмотрела на меня пустым взглядом и вдруг принялась смеяться.

Этот ее смех... от него кровь стыла в жилах! Я поняла: самое лучшее для нас сейчас – заняться делом. Она же просто тронется рассудком, если все время будет думать о том, что она натворила. К счастью, нам повезло, и мы сразу получили ангажемент.

А потом я увидела Вас и Вашего друга в зрительном зале в Ковентри... Я чуть с ума не сошла. Должно быть, Вы заподозрили что-то, думала я, иначе зачем бы Вам нас выслеживать. Я решила, что должна узнать все – пусть даже самое плохое, только не эта неизвестность, – и пошла за Вами. Мною двигала храбрость, храбрость отчаяния. А потом, прежде чем я успела объяснить Вам все, я вдруг догадалась, что Вы подозреваете не Беллу, а меня. Или, может быть, думаете, что я Белла, ведь нож-то украла я.

Ах, если бы Вы знали, что творилось в моей душе в ту минуту... возможно, Вы простили бы меня... Я была так напугана, сбита с толку, отчаяние владело мною... Тогда я поняла лишь одно – Вы стараетесь спасти именно меня... Я не знала, захотите ли Вы помочь ей, Белле... Скорее всего, нет, подумала я, ведь она – совсем другое дело! Я боялась рисковать. Мы с Беллой – близнецы, и я готова сделать для нее все, что в моих силах. Поэтому я ничего не сказала Вам, не призналась, что обманула Вас.

Какая же я дрянь!.. Ну, вот и все. Этого более чем достаточно, наверное, подумаете Вы. Я должна была открыть Вам свою душу… Если бы мне это удалось…

Как только в газетах появилось сообщение, что Жак Рено арестован, разразилась беда. Белла не стала ждать, как пойдет дело…

Я так устала. Не могу больше писать…»

Сначала она подписалась Сандрильоной, потом перечеркнула и вместо этого поставила *«Далси Дьювин».*

Я по сей день храню это наспех написанное, испещренное помарками и закапанное слезами послание.

Пуаро был рядом, когда я читал письмо. Листки выпали из моих рук, и я посмотрел в глаза Пуаро.

– Так вы все время знали, что это была не Сандрильона?

– Конечно, мой друг.

– А почему же вы не сказали мне?

– Во-первых, я и не предполагал, что вы можете так обмануться. Вы же видели фотографию. Конечно, сестры очень похожи, но не заметить разницы просто невозможно.

– Но у той были светлые волосы?

– Парик. Белла надевала его во время выступления, этот контраст придавал сестрам пикантность. Мыслимое ли дело, чтобы один из близнецов был блондином, другой – брюнетом?

– А почему вы не сказали мне об этом в тот вечер, в Ковентри?

– Вы так бесцеремонно обошлись со мной, *mon ami,* – сухо сказал Пуаро. – Вы же лишили меня возможности говорить.

– Ну а потом?

– Что потом? Ну, во-первых, меня очень задевало, что вы совсем не верите в мои способности. Кроме того, мне хотелось посмотреть, выдержат ли ваши чувства испытание временем – настоящая ли это любовь или очередное увлечение. Я вовсе не собирался надолго оставлять вас в неведении.

Я кивнул. В его голосе звучало такое сочувствие и доброта, что я не мог держать на него зла. Повинуясь внезапному порыву, я нагнулся, поднял листки с пола и протянул Пуаро.

– Возьмите, – сказал я. – Хочу, чтобы вы прочли.

Он молча прочел и поднял взгляд на меня.

– Что же вас тревожит, Гастингс?

Никогда еще я не видел Пуаро в таком расположении духа. Его обычной насмешливости и в помине не было. Мне не пришлось даже делать над собой особых усилий, чтобы сказать то, что не давало мне покоя:

– Она не говорит… не говорит… ну, в общем, безразличен я ей или нет.

Пуаро полистал страницы.

– Сдается мне, вы ошибаетесь, Гастингс.

– Что? Откуда вы это взяли? – в волнении воскликнул я, подавшись вперед.

Пуаро улыбнулся.

– Да тут каждая строчка говорит о том, что вы ей небезразличны, *mon ami.*

– Где же мне найти ее? Ведь в письме не указан обратный адрес. Только французская марка, и все.

– Не волнуйтесь! Положитесь на старого Пуаро. Я найду ее, как только выдастся свободная минутка.

Глава 27. Рассказывает Жак Рено

– Поздравляю, мосье Жак, – сказал Пуаро, сердечно пожимая руку молодого человека.

Жак Рено навестил нас сразу же, как только его выпустили из тюрьмы. После этого он должен был вернуться в Мерлинвиль, к мадам Рено и Марте. Мосье Жака сопровождал Стонор, цветущий вид которого лишь подчеркивал болезненную бледность юноши, находившегося, во-видимому, на грани нервного расстройства. Он печально улыбнулся Пуаро и едва слышно сказал:

– Я выдержал весь этот ужас, чтобы защитить ее, и вот все напрасно.

– Как могли вы подумать, что девушка примет такую жертву? – сдержанно заметил Стонор. – Да она просто обязана была сказать правду. Она же понимала, что вас ждет гильотина.

– *Eh ma foi!*[1] Не миновать бы вам гильотины, – подхватил Пуаро, и в глазах его мелькнул насмешливый огонек. – Ведь на вашей совести была бы еще и смерть мэтра Гросье. Если бы вы продолжали упорствовать в своем молчании, беднягу непременно хватил бы удар.

– Он туп как осел, хотя вполне благожелательный, – сказал Жак. – Как он меня раздражал! Вы ведь понимаете, я не мог доверить ему свою тайну. Но боже мой! Что же теперь будет с Беллой?

– На вашем месте я бы не слишком расстраивался по этому поводу, – с искренним сочувствием сказал Пуаро. – Как правило, судьи весьма снисходительны к *crime passionnel*[2], особенно когда его совершает юная и прелестная особа. Ловкий адвокат откопает уйму смягчающих обстоятельств. Конечно, вам будет не очень-то приятно…

– Это меня не волнует. Видите ли, мосье Пуаро, как бы то ни было, но я в самом деле чувствую себя виновным в смерти отца. Если

---

[1] Честью клянусь! (фр.)

[2] Преступление, совершенное в состоянии аффекта (фр.).

бы не мои запутанные отношения с этой девушкой, он сейчас был бы жив и здоров. И еще моя проклятая оплошность – ведь я надел отцовский плащ. Не могу избавиться от чувства, что я виноват в его смерти. Наверное, сознание вины будет преследовать меня до конца моих дней.

– Ну что вы, – сказал я, стараясь успокоить его.

– Конечно, то, что Белла убила моего отца, ужасно, – сокрушенно продолжал Жак. – Но я дурно поступил с нею. Когда я встретил Марту и понял, что люблю ее, надо было написать Белле и честно во всем признаться. Но я так боялся скандала, боялся, что это дойдет до ушей Марты и она бог знает что может вообразить. Словом, я вел себя как трус, тянул, надеялся, что все само собой образуется. Просто плыл по течению, не понимая, какие страдания причиняю бедной девушке. Если бы жертвой пал я, а не отец, то свершился бы высший суд – я получил бы по заслугам. Как же отважно она призналась в своей вине! А ведь я готов был выдержать это испытание до конца, вы знаете.

Он помолчал немного, потом взволнованно продолжал:

– Не могу понять, зачем отец в ту ночь расхаживал в моем плаще. Зачем надел его прямо на нижнее белье? Может быть, он сбежал от этих иностранцев? А матушка, вероятно, ошиблась во времени, и грабители напали не в два часа. Или… или… она намеренно вводит вас с заблуждение, да? Неужели матушка могла подумать… подумать… что… заподозрить, что это я… это я…

Но Пуаро поспешил разуверить его:

– Нет-нет, мосье Жак. Пусть эта мысль не мучит вас. Что же до остального, потерпите еще день-два, и я все объясню вам. Это весьма запутанная история. А вы не могли бы подробно рассказать нам, что же все-таки случилось в тот страшный вечер?

– Собственно, и рассказывать-то нечего. Я приехал из Шербура, как вам известно, чтобы попрощаться с Мартой, ведь мне предстояло ехать на край света. Было уже поздно, и я решил идти коротким путем – через поле для гольфа, откуда рукой подать до виллы «Маргерит». Я уже почти дошел, как вдруг…

Он запнулся и судорожно сглотнул.

– Да?

– Я услышал какой-то странный и страшный крик. Он не был громок, точно кто-то задыхался или давился кашлем, но я замер от страха и с минуту стоял как вкопанный, потом обогнул живую изгородь. Ночь была лунная, и я увидел могилу и рядом человека, лежащего ничком. В спине у него торчал нож. А потом… потом… я поднял взгляд и увидел ее. Она смотрела на меня с ужасом, точно я привидение. Потом вскрикнула и бросилась прочь.

Он замолчал, пытаясь совладать с собой.

– Ну а потом? – как можно спокойней спросил Пуаро.

– Право, не знаю. Я постоял еще, совершенно ошеломленный. Потом подумал, что надо поскорее убираться. Нет, мне и в голову не пришло, что могут заподозрить меня. Я испугался, что меня вызовут в качестве свидетеля и мне придется давать показания против Беллы. Как уже говорил, я дошел пешком до Сан-Бовэ, нанял автомобиль и вернулся в Шербур.

В дверь постучали, и вошел посыльный с телеграммой, которую вручил Стонору. Секретарь вскрыл ее, прочел и тут же поднялся с кресла.

– Мадам Рено пришла в сознание, – сказал он.

– А! – Пуаро вскочил. – Немедленно отправляемся в Мерлинвиль!

Мы поспешно собрались. Стонор по просьбе Жака согласился остаться, с тем чтобы помочь, если удастся, Белле Дьювин. Пуаро, Жак Рено и я отбыли в Мерлинвиль в автомобиле мосье Рено.

Поездка заняла немногим более сорока минут. Когда мы подъезжали к вилле «Маргерит», Жак Рено бросил на Пуаро вопросительный взгляд:

– Что, если вы отправитесь вперед и осторожно подготовите матушку к радостному известию?..

– А вы тем временем лично подготовите мадемуазель Марту, правда? – откликнулся Пуаро, подмигнув Жаку. – Ну конечно, я и сам хотел вам предложить это.

Жак Рено не стал упираться. Остановив машину, он выпрыгнул из нее и помчался к дому. А мы продолжали свой путь к вилле «Женевьева».

– Пуаро, – сказал я, – вы помните, как мы впервые приехали сюда? И нас встретили известием, что мосье Рено убит?

– О, конечно, отлично помню. Не так уж много времени прошло с тех пор. А сколько всяких событий, особенно для вас, *mon ami!*

– Да, в самом деле, – вздохнул я.

– Вы ведь воспринимаете их в основном сердцем, а не разумом, Гастингс. Я же подхожу к ним иначе. К мадемуазель Белле, будем надеяться, суд отнесется снисходительно. Правда, Жак Рено не может жениться сразу на обеих своих возлюбленных. Тут уж ничего не поделаешь... Я же подхожу к делу профессионально. Это преступление не отнесешь к разряду разумно спланированных и четко выполненных, то есть таких, от разгадки которых детектив получает истинное удовольствие. *Mise en scene*[1], разработанная Жоржем Конно, – в самом деле безукоризненна, но *dénouement*[2] – о нет! О ней этого никак не скажешь! В припадке гнева и ревности девушка совершает убийство – где уж тут порядок, где логика!

Такой своеобразный подход к делу вызвал у меня невольную улыбку.

Дверь нам отворила Франсуаза. Пуаро сказал, что должен немедленно повидать мадам Рено, и старая служанка проводила его наверх. Я же остался в гостиной. Вернулся Пуаро довольно скоро. Он был на редкость мрачен.

– *Vous voilà,* Гастингс! *Sacre tonnerre!*[3] Назревает скандал!

– Что вы хотите сказать? – удивился я.

– Вы не поверите, Гастингс, – задумчиво проговорил Пуаро, – но от женщин никогда не знаешь, чего ждать.

---

[1] Постановка, мизансцена (фр.).
[2] Развязка (фр.).
[3] Ну вот!.. Проклятье! (фр.)

– А вот и Жак с мадемуазель Мартой! – воскликнул я, глядя в окно.

Пуаро выскочил из дома и перехватил их у входа.

– Не ходите туда. Так будет лучше. Ваша матушка очень расстроена.

– Знаю, знаю, – сказал Жак Рено. – И я должен сейчас же поговорить с ней.

– Нет, прошу вас. Лучше не надо.

– Но мы с Мартой…

– Мадемуазель лучше остаться здесь. Если вы так уж настаиваете, разумнее будет, если с вами пойду я.

Голос, внезапно раздавшийся откуда-то сверху позади нас, заставил всех вздрогнуть.

– Благодарю за любезность, мосье Пуаро, но я намерена объявить свою волю.

Мы обернулись и застыли в изумлении. По лестнице, тяжело опираясь на руку Леони, спускалась мадам Рено. Голова ее была забинтована. Девушка со слезами уговаривала свою госпожу вернуться в постель.

– Мадам погубит себя. Доктор строго-настрого запретил вам подниматься!

Но мадам Рено ее не слушала.

– Матушка! – закричал Жак, бросаясь к ней.

Но она властным жестом отстранила его.

– Я тебе не мать! Ты мне не сын! С этой минуты я отрекаюсь от тебя.

– Матушка! – снова крикнул ошеломленный молодой человек.

Казалось, мадам Рено дрогнула – такая нестерпимая мука звучала в голосе Жака. Пуаро протянул было руку, как бы призывая их обоих успокоиться. Но мадам Рено уже овладела собою.

– На твоих руках кровь отца. Ты виновен в его смерти. Ты ослушался его, ты пренебрег им, и все из-за этой особы. Ты жестоко обошелся с той, другой девушкой, и твой отец жизнью поплатился за это! Ступай прочь из моего дома! Завтра же я приму меры, чтобы ты ни гроша не получил из отцовского наследства. Устраивай свою жизнь как сумеешь, и пусть эта особа, дочь заклятого врага твоего отца, помогает тебе.

Мадам Рено повернулась и медленно, с мучительным трудом стала подниматься по лестнице.

Сцена была столь неожиданна и ужасна, что мы все стояли, точно громом пораженные. Жак, который и без того едва держался на ногах, пошатнулся. Мы с Пуаро бросились к нему.

– Ему совсем худо, – шепнул Пуаро, обращаясь к Марте. – Куда бы перенести его?

– Разумеется, к нам, на виллу «Маргерит». Мы с матушкой станем ухаживать за ним. Бедный Жак!

Мы отвезли молодого человека на виллу «Маргерит». Он рухнул в кресло в полуобморочном состоянии. Пуаро пощупал его лоб и руки.

– У него жар. Столь продолжительное напряжение дает себя знать. А тут еще такой удар… Надо уложить его в постель. Мы с Гастингсом позаботимся, чтобы послали за доктором.

Появившийся вскоре доктор, осмотрев больного, заверил нас, что это всего лишь результат нервного перенапряжения. Тишина и полный покой, возможно, уже завтра принесут облегчение. Но следует оберегать больного от волнений, ибо в этом случае болезнь может принять дурной оборот. Желательно, чтобы ночью кто-нибудь подежурил у его постели.

Итак, сделав все, что было в наших силах, мы оставили Жака на попечение Марты и мадам Добрэй и отправились в город. Привычное для нас обеденное время давно миновало, и оба мы отчаянно проголодались. В первом же ресторане мы утолили муки голода превосходным омлетом, за которым последовал не менее превосходный антрекот.

– А теперь самое время подумать о ночлеге, – сказал Пуаро, прихлебывая черный кофе, завершивший нашу трапезу. – Как насчет нашего старого друга «Отель де Бен»?

Недолго думая мы направились туда. Да, мосье могут быть предоставлены две отличные комнаты с видом на море. И тут Пуаро задал портье вопрос, немало меня удививший:

– Скажите, английская леди, мисс Робинсон, уже прибыла?

– Да, мосье. Она в маленькой гостиной.

– Ага!

– Пуаро! – воскликнул я, направляясь следом за ним по коридору. – Какая еще, черт побери, мисс Робинсон?

Пуаро одарил меня лучезарной улыбкой.

– Решил устроить ваше счастье, Гастингс.

– Но я…

– О господи, – сказал Пуаро, добродушно подталкивая меня в комнату. – Не думаете же вы, что я на весь Мерлинвиль раструблю имя Дьювин?

И правда, навстречу нам поднялась Сандрильона. Я взял ее руку в свои. Мои глаза сказали ей все остальное.

Пуаро кашлянул.

– *Mes enfants*[1], – сказал он. – В данный момент у нас нет времени на сантименты. Нам еще предстоит потрудиться. Мадемуазель, удалось ли вам сделать то, о чем я вас просил?

Вместо ответа Сандрильона вытащила из сумочки какой-то предмет, завернутый в бумагу, и молча протянула его Пуаро. Когда Пуаро развернул пакет, я вздрогнул – это был тот самый нож! Но ведь она, как я понял из ее письма, бросила его в море. Удивительно, до чего неохотно женщины расстаются со всякими пустяками, даже компрометирующими!

---

[1] Дети мои (фр.).

– *Très bien, mon enfant*[1], – сказал Пуаро. – Вы меня очень порадовали. А теперь покойной ночи. Нам с Гастингсом надо еще поработать. Увидитесь с ним завтра.

– Куда же вы идете? – спросила девушка, и глаза ее расширились.

– Завтра вы обо всем узнаете.

– Куда бы вы ни шли, я с вами.

– Но, мадемуазель…

– Я сказала, я с вами.

Пуаро понял, что спорить бесполезно. Он сдался.

– Пусть будет по-вашему, мадемуазель. Правда, ничего интересного не обещаю. Скорее всего, вообще ничего не произойдет.

Девушка промолчала.

Минут через двадцать мы пустились в путь. Было уже совсем темно. В воздухе чувствовалась давящая духота. Пуаро повел нас к вилле «Женевьева». Однако, когда мы дошли до виллы «Маргерит», он остановился.

– Мне хотелось бы убедиться, что с Жаком Рено все в порядке. Пойдемте со мной, Гастингс. А вы, мадемуазель, пожалуйста, подождите здесь. Мадам Добрэй, может, чего доброго, оказаться не слишком любезной.

Отворив калитку, мы пошли по дорожке к дому. Я указал Пуаро на освещенное окно второго этажа. На шторе четко вырисовывался профиль Марты Добрэй.

– Ага! – воскликнул Пуаро. – Думаю, здесь-то мы и найдем молодого Рено.

Дверь отворила мадам Добрэй. Она сообщила нам, что Жак все в том же состоянии и что если мы пожелаем, то сами можем убедиться в этом. Вслед за нею мы поднялись в спальню. Марта Добрэй сидела у стола и шила при свете настольной лампы. Увидев нас, она приложила палец к губам.

---

[1] Очень хорошо, дитя мое (фр.).

Жак Рено спал тяжелым, беспокойным сном – голова его металась по подушке, лицо пылало жаром.

– Что доктор, он придет еще? – шепотом спросил Пуаро.

– Нет, пока мы не пошлем за ним. Но Жак спит, и это для него сейчас самое лучшее. *Maman* приготовила ему целебный отвар.

И она снова принялась за вышивание, а мы тихонько вышли из комнаты. Мадам Добрэй проводила нас вниз. Теперь, когда мне стало известно ее прошлое, я смотрел на нее со все возрастающим интересом. Она стояла перед нами, опустив глаза, и на губах ее играла легкая загадочная улыбка. Я вдруг почувствовал безотчетный страх перед нею. Такой страх наводит на нас ослепительно красивая, но ядовитая змея.

– Надеюсь, мы не слишком обеспокоили вас, мадам, – учтиво сказал Пуаро, когда она открывала нам дверь.

– Ничуть, мосье.

– Кстати, – сказал Пуаро, точно спохватившись, – мосье Стонор был сегодня в Мерлинвиле, не знаете ли?

Я не мог понять, с какой стати задал Пуаро этот вопрос, по-моему, совершенно лишенный всякого смысла.

– Насколько я знаю, нет, – сдержанно ответила мадам Добрэй.

– Не беседовал ли он с мадам Рено?

– Откуда мне знать, мосье?

– Действительно, – сказал Пуаро. – Просто я подумал, что вы, может быть, видели, как он проходил или проезжал мимо, только и всего. Покойной ночи, мадам.

– Отчего… – начал было я.

– Оставьте ваши «отчего», Гастингс. Придет время – все узнаете.

Вместе с Сандрильоной мы торопливо направились к вилле «Женевьева». Пуаро оглянулся на освещенное окно, в котором вырисовывался профиль Марты, склонившейся над вышиванием.

– Его, во всяком случае, охраняют, – пробормотал он.

Подойдя к дому, мы спрятались за кустами, слева от подъездной аллеи, откуда хорошо просматривался парадный вход, тогда как мы сами были надежно укрыты от посторонних взглядов. Дом был погружен в темноту, по-видимому, все уже спали. Окно спальни мадам Рено было как раз над нами, и я заметил, что оно открыто. Пуаро не спускал с него глаз.

– Что нам предстоит делать? – шепотом спросил я.

– Наблюдать.

– Но...

– Не думаю, что в ближайшие час или два что-нибудь случится, но...

В этот миг раздался протяжный слабый крик:

– Помогите!

В окне на втором этаже, справа от входа, вспыхнул свет. Крик доносился оттуда. И мы увидели сквозь штору мелькающие тени, как будто там боролись два человека.

– *Mille tonneres!*[1] – закричал Пуаро. – Должно быть, она теперь спит в другой комнате!

Он бросился к парадной двери и принялся бешено колотить в нее. Потом подскочил к дереву, что росло на клумбе, и ловко, точно кошка, вскарабкался на него. Я, разумеется, полез за ним, а он тем временем прыгнул в открытое окно. Оглянувшись, я увидел Далси позади себя.

– Осторожнее! – крикнул я.

– Кому вы говорите! – откликнулась она. – Для меня это детская забава.

Я спрыгнул в комнату, когда Пуаро дергал дверь, пытаясь ее открыть.

– Заперто с той стороны, – прорычал он. – Так скоро ее не высадишь!

Крики между тем становились все слабее. В глазах Пуаро я увидел отчаяние. Мы с ним налегли плечами на дверь.

---

[1] Тысяча чертей! (фр.)

В это время послышался спокойный негромкий голос Сандрильоны:

– Опоздаете. Пожалуй, только я еще успею что-то сделать.

Прежде чем я успел остановить ее, она исчезла за окном. Я бросился за ней и, к своему ужасу, увидел, что она висит, держась за край крыши, и, перебирая руками, продвигается к освещенному окну.

– Боже мой! Она разобьется! – закричал я.

– Вы что, забыли? Она же профессиональная акробатка, Гастингс. Само провидение послало ее нам сегодня! Об одном молю господа – только б она успела! Ах!

Страшный крик разорвал тишину ночи в тот миг, когда Далси исчезла в проеме окна. Потом послышался ее уверенный голос:

– Ну нет! От меня не уйдешь – у меня железная хватка!

В тот момент дверь нашей комнаты осторожно отворилась, Пуаро, бесцеремонно оттолкнув Франсуазу, устремился по коридору к двери, возле которой толпились горничные.

– Дверь заперта! Заперта изнутри, мосье!

Из комнаты донесся глухой стук, точно упало что-то тяжелое. А в следующую минуту ключ повернулся, и дверь медленно отворилась. Сандрильона, белая как мел, пропустила нас в комнату.

– Жива? – спросил Пуаро.

– Да, я успела как раз вовремя. Еще немного, и было бы поздно.

Мадам Рено, полулежа в постели, задыхаясь, ловила ртом воздух.

– Едва не задушила, – чуть слышно прохрипела она.

Далси подняла что-то с пола и протянула Пуаро. Это была свернутая в рулон лестница из шелковой веревки, очень тонкой и прочной.

– Это чтобы спуститься из окна, пока мы стучали бы в дверь. А где она сама?

Далси посторонилась. На полу лежало тело, накрытое чем-то темным, лица не было видно.

– Мертва?

Девушка кивнула.

– Думаю, да. Должно быть, ударилась виском о каминную доску.

– Да кто же это? – крикнул я.

– Убийца мосье Рено, Гастингс, а если бы не мисс Дьювин, то и мадам Рено.

Совершенно сбитый с толку, отказываясь хоть что-нибудь понять, я опустился на колени и поднял ткань – на меня смотрело прекрасное мертвое лицо Марты Добрэй!

Глава 28. Конец поездки

Воспоминания об остальных событиях этой ночи смешались в моей голове. Пуаро нетерпеливо отмахивался от моих настойчивых расспросов. Он, казалось, был целиком поглощен перепалкой с Франсуазой, которую осыпал упреками за то, что она не дала ему знать, когда мадам Рено переменила спальню.

Я схватил Пуаро за плечо и хорошенько тряхнул, рассчитывая хоть таким образом привлечь его внимание к своей скромной особе и заставить выслушать себя.

– Но вы же сами должны были знать это, – пытался я усовестить его. – Вы ведь сегодня специально приезжали сюда, чтобы повидать мадам Рено!

Пуаро соизволил наконец отвлечься на минуту от Франсуазы.

– Тогда ее просто выкатили на кровати в будуар рядом со спальней, – нетерпеливо бросил он мне.

– Но, мосье, – кричала Франсуаза, – мадам перешла в другую комнату сразу же после той ужасной ночи! Разве могла она остаться в спальне, где все это случилось?

– Почему же вы мне не сказали? – надрывался Пуаро, стуча кулаком по столу и все больше распаляясь. – Почему, я спрашиваю вас… Почему?! Почему мне ничего не сказали? Вы просто выжили из ума! И Леони с Дениз тоже не лучше! Безмозглые курицы! Ваша тупость едва не стоила жизни мадам Рено! Если бы не эта отважная юная леди…

Он задохнулся от гнева и, не находя больше слов, бросился к Далси, которая стояла у постели мадам Рено, и с чисто галльским пылом схватил девушку в объятия. Признаюсь, я почувствовал при этом легкий укол ревности.

Из состояния заторможенности меня вывел властный окрик Пуаро, приказавшего мне тоном, не терпящим возражений, немедленно доставить к мадам Рено доктора, а затем вызвать полицию. И чтобы окончательно утвердить меня в сознании собственной никчемности, он добавил:

– Вряд ли вам стоит возвращаться сюда. Я слишком занят и не могу уделить вам внимания. Что же до мадемуазель Дьювин, то я хочу, чтобы она ненадолго осталась здесь в качестве *garde-malade*[1].

Я удалился, стараясь, сколько возможно, сохранить видимость собственного достоинства. Выполнив поручения Пуаро, я вернулся в гостиницу. Я ничего не понял из того, что произошло. Ночные события представлялись мне фантастическим нагромождением каких-то кошмаров. Пуаро не стал отвечать на мои вопросы. Казалось, он их просто не слышит. Обиженный и разозленный, я бросился в постель и заснул так, как может спать лишь безнадежно запутавшийся и смертельно усталый человек.

Проснувшись, я увидел, что в открытые окна льется солнечный свет, а подле меня сидит одетый, как на парад, улыбающийся Пуаро.

– *Enfin*[2]. Проснулся! Ну и соня вы, Гастингс! Ведь уже почти одиннадцать часов!

Я охнул, схватившись за голову.

– Какой страшный сон мне приснился! – сказал я. – Знаете, будто мы обнаружили труп Марты Добрэй в спальне мадам Рено, а вы будто сказали, что она убила мосье Рено.

– Это не сон. Все это было на самом деле.

– Но ведь мосье Рено убила Белла Дьювин!

– О нет, Гастингс, она никого не убивала. Она так сказала, да, но только для того, чтобы спасти от гильотины Жака Рено, которого она любит.

– Как?!

– Вспомните, что говорил Жак Рено. Они одновременно появились на месте преступления, и каждый из них заподозрил другого. Помните, девушка в ужасе посмотрела на него и с криком бросилась прочь. Потом она узнает, что его обвиняют в преступлении.

---

[1] Сиделки (фр.).
[2] Ну, наконец-то (фр.).

Она не может этого вынести и берет вину на себя, чтобы спасти его от верной смерти.

Пуаро откинулся в кресле и знакомым жестом сложил вместе кончики пальцев.

– Это дело не давало мне покоя, – задумчиво продолжал он. – Меня не покидало чувство, что перед нами хладнокровное, тонко продуманное преступление, совершенное убийцей, который использовал (весьма ловко!) план самого мосье Рено и тем самым сбил полицию со следа. Талантливый преступник (помните, что я недавно говорил вам по этому поводу), как правило, поступает в высшей степени просто.

Я кивнул.

– Ну вот, в соответствии с этой теорией, преступник должен был досконально знать все планы мосье Рено. А это сразу наводило на мысль о мадам Рено. Однако факты противоречили версии о ее виновности. Есть ли кто-то еще, кому могли быть известны планы мосье Рено? Да, есть. Марта Добрэй сама призналась, что подслушала разговор мосье Рено с бродягой. Если так, то она могла подслушать и другой разговор, тем более что мосье и мадам Рено столь опрометчиво обсуждали свои планы, сидя на скамейке подле сарая. Помните, вы и сами, сидя там, отлично слышали разговор Марты с Жаком.

– Но зачем было Марте убивать мосье Рено, если только она действительно убила его? – возразил я.

– Как зачем? А деньги? У Рено несколько миллионов, и после его смерти половина его огромного состояния (Марта и Жак были уверены в этом) должна перейти к сыну. Давайте посмотрим на сложившиеся обстоятельства глазами Марты Добрэй.

Она подслушивает разговор мосье Рено с женой. До сих пор он худо-бедно служил источником дохода для матери и дочери, но теперь он намерен ускользнуть из их сетей. Сначала, возможно, она хотела только помешать ему улизнуть. Но потом ею овладела новая смелая мысль, которая ужаснула бы всякую другую девушку. Но ведь Марта –

дочь Жанны Берольди! Она знает, что мосье Рено против их брака, что он непреклонен. Если Жак ослушается отца, он останется без гроша в кармане, что совсем не входит в планы мадемуазель Марты. И вообще, я сомневаюсь, была ли у Марты хоть капля чувства к Жаку. Она делала вид, что любит его, но на самом деле она холодна и расчетлива, как и ее мать. Подозреваю, кроме того, что она не была уверена, удастся ли ей удержать Жака. Ее красота ослепила, пленила его. Но если ее не будет рядом, – а она знала, что мосье Рено собирается надолго разлучить их, – он может охладеть к ней. Если же мосье Рено умрет и Жак унаследует половину его миллионов, свадьбу можно устроить не откладывая, тогда она сразу получит огромное богатство, а не жалкие несколько тысяч, которые удалось вытянуть из него. Она со своим незаурядным умом сразу поняла, как просто можно все сделать. Легко и просто. Рено продумал все обстоятельства своей мнимой смерти – ей остается только появиться в нужный момент и превратить фарс в жестокую реальность. И тут возникает второе обстоятельство, которое позволяет заподозрить Марту Добрэй. Нож! Жак Рено заказал три ножа. Один подарил матери, второй Белле Дьювин, а третий, скорее всего, Марте Добрэй.

Итак, подводя итог, можно сказать, что против Марты Добрэй свидетельствуют четыре соображения:

Первое – Марта Добрэй могла подслушать мосье Рено, когда он открыл свой план жене.

Второе – Марте Добрэй смерть мосье Рено сулила прямые выгоды.

Третье – Марта Добрэй – дочь печально известной мадам Берольди, которая, по моему мнению, и прямо и косвенно виновна в смерти своего мужа, хотя роковой удар и был нанесен рукой Жоржа Конно.

Четвертое – Марта Добрэй – единственная, исключая самого Жака Рено, у которой наверняка мог находиться третий нож.

Пуаро замолчал и откашлялся.

– Конечно, когда я узнал о существовании Беллы Дьювин, я понял, что и она тоже могла бы убить мосье Рено. Однако эта версия не удовлетворяла меня, ибо, как уже говорил вам, профессионал, каковым я себя считаю, предпочитает встретить достойного соперника. Но, что делать, приходится считаться с фактами. Правда, маловероятно, чтобы Белла Дьювин разгуливала вокруг виллы с ножом в руках, но, несомненно, у нее могла возникнуть мысль отомстить Жаку. А когда она пришла и созналась в убийстве, казалось, все уже ясно. И все-таки… что-то меня беспокоило, *mon ami,* что-то было не так…

И тогда я снова шаг за шагом пересмотрел все дело и пришел к тому же выводу, что и прежде. Если не Белла Дьювин, то только Марта Добрэй могла быть убийцей. Но у меня не было против нее ни одной улики!

Тут вы как раз показали мне письмо мадемуазель Далси, и я понял, что надо делать. Первый нож украден Далси Дьювин и брошен в море, ибо она думала, что это нож ее сестры. А что, если это нож, который Жак подарил Марте Добрэй? Тогда нож Беллы Дьювин должен быть целехонек. Не посвящая вас в свои планы (не было времени на разговоры), я разыскал мадемуазель Далси, рассказал ей то, что счел необходимым, и попросил ее постараться найти нож среди вещей ее сестры. Представьте мою радость, когда она появилась здесь в качестве мисс Робинсон (как я и просил ее) с драгоценным подарком!

А тем временем я принял меры, чтобы заставить мадемуазель Марту пойти в открытую. По моему настоянию мадам Рено отказалась от сына и объявила о своем намерении завтра же официально выразить свою волю, с тем чтобы лишить Жака даже самой незначительной доли наследства. Признаюсь, то был отчаянный шаг, но совершенно неизбежный, и мадам Рено готова была пойти на риск. Правда, к несчастью, она даже не упомянула о том, что спит теперь в другой комнате. Вероятно, она сочла само собой разумеющимся, что мне это известно. Все случилось так, как я предвидел. Марта Добрэй предприняла последний дерзкий ход, чтобы получить миллионы Рено, и… проиграла!

– Чего я не в состоянии понять, – сказал я, – так это как она проникла в дом. Ведь мы ее не видели. Это просто немыслимо. Мы пошли к вилле «Женевьева», а она осталась дома. Как она могла опередить нас?

– О, в том-то и дело, что ее уже не было на вилле «Маргерит», когда мы уходили оттуда. Пока мы говорили с ее матерью в холле, она выскользнула через черный ход. Тут она меня «обставила», как сказали бы американцы!

– А как же тень на шторе? Мы же видели ее на пороге на виллу «Женевьева».

– *Eh bien,* у мадам Добрэй как раз хватило времени, чтобы взбежать по лестнице и занять место Марты.

– У мадам Добрэй?

– Ну да. Одна из них молода, другая – почтенного возраста, одна златокудрая, другая – темноволосая, но силуэты на шторе совершенно одинаковы, потому что в профиль мать и дочь удивительно похожи. Даже я ничего не заподозрил, старый болван! Думал, что у нас полно времени, что она попытается проникнуть на виллу «Женевьева» позже. Да, в уме ей не откажешь, этой прелестной мадемуазель Марте!

– Так она хотела убить мадам Рено?

– Конечно. Тогда все состояние перешло бы к Жаку. По замыслу Марты, это должно было выглядеть как самоубийство, *mon ami!* На полу рядом с телом Марты Добрэй я нашел подушечку, пузырек с хлороформом и шприц, содержащий смертельную дозу морфия. Теперь вы поняли? Вначале хлороформ, потом, когда жертва потеряет сознание, укол иглы. К утру запах хлороформа выветрится, а шприц будет лежать так, точно он выпал из руки мадам Рено. Что сказал бы наш доблестный мосье Отэ? «Бедная женщина! Что я говорил вам? Слишком большая радость оказалась непосильной для нее! Разве я не говорил, что нисколько не удивлюсь, если у бедняжки помутится рассудок. Настоящая трагедия это дело Рено!»

Однако, Гастингс, все пошло не так, как задумала мадемуазель Марта. Начать с того, что мадам Рено не спала, а ждала ее. Между ними начинается борьба. Но мадам Рено крайне слаба. У Марты Добрэй нет выбора. План с самоубийством провалился, но если Марта сможет своими цепкими руками задушить мадам Рено, бежать с помощью тонкой шелковой лестницы, пока мы пытаемся открыть дверь комнаты, и прежде нас вернуться на виллу «Маргерит», то будет трудно доказать ее вину. Однако она побеждена, и победитель не Эркюль Пуаро, а *la petite acrobate*[1] с ее железной хваткой.

Я размышлял над тем, что рассказал мне Пуаро.

– Когда вы впервые заподозрили Марту Добрэй, Пуаро? Когда она сказала, что слышала, как мосье Рено ссорился с бродягой?

Пуаро улыбнулся.

– Помните, мой друг, тот первый день, когда мы приехали в Мерлинвиль? И прелестную девушку, стоящую у калитки? Вы спросили, заметил ли я эту юную богиню, а я ответил, что заметил только девушку с тревожным взглядом. Такой она и представлялась мне все время с самого начала. Девушка с тревожным взглядом! О ком она беспокоилась? Не о Жаке Рено, ибо тогда она еще не знала, что он был в Мерлинвиле накануне вечером.

– Кстати, – спохватился я, – как чувствует себя Жак Рено?

– Гораздо лучше. Он все еще на вилле «Маргерит». А мадам Добрэй исчезла. Полиция разыскивает ее.

– Как вы думаете, она была в сговоре с дочерью?

– Этого мы никогда не узнаем. Мадам из тех, кто умеет хранить тайну. И вообще сомневаюсь, что полиция нападет на ее след.

– А Жак Рено уже знает о?..

– Нет еще.

– Для него это будет страшным ударом.

– Разумеется. И все же, знаете, Гастингс, сомневаюсь, что его сердце безраздельно принадлежит Марте Добрэй. До сих пор мы думали, что Белла Дьювин – лишь легкое увлечение, а по-настоящему Жак любит Марту Добрэй. А теперь я считаю, что все обстоит как раз наоборот. Марта Добрэй была необычайно хороша собой. Она поставила себе целью пленить Жака и преуспела в этом, но вспомните

[1] Маленькая акробатка (фр.).

его странное поведение по отношению к его первой возлюбленной. Вспомните, ведь он готов был идти на гильотину, лишь бы не выдать ее. Есть у меня надежда, что когда он узнает правду, то содрогнется от ужаса, и чувство, которое он принимал за любовь, растает как дым.

– А что Жиро?

– А, этот… У него случился нервный припадок. Пришлось вернуться в Париж.

И мы оба рассмеялись.

Пуаро оказался настоящим пророком. Когда наконец доктор заверил нас, что Жак Рено достаточно окреп, Пуаро открыл ему страшную правду. Молодой человек был потрясен. Однако оправился он от этого удара скорее, чем можно было ожидать. Нежная забота мадам Рено помогла ему пережить эти трудные для него дни. Теперь мать и сын были неразлучны.

Но Жаку предстояло еще одно открытие. Пуаро сообщил мадам Рено, что проник в ее тайну, и убедил ее не оставлять Жака в неведении относительно прошлого его отца.

– Рано или поздно правда все равно выйдет наружу, мадам! Наберитесь мужества и расскажите ему все.

С тяжелым сердцем мадам Рено согласилась, и Жак Рено узнал из ее уст о том, что отец, которого он так горячо любил, всю жизнь скрывался от правосудия.

Пуаро предупредил вопрос, готовый сорваться с губ Жака Рено.

– Не беспокойтесь, мосье Жак. Никто ничего не узнает. Насколько я понимаю, я не обязан посвящать полицию в мои открытия. Я ведь расследовал дело в интересах вашего отца, а не полиции. Возмездие в конце концов настигло его, и неважно теперь, кто он – мосье Рено или Жорж Конно.

Разумеется, в деле Рено оставалось много загадок, которые ставили полицию в тупик, но Пуаро ухитрился так правдоподобно разъяснить их, что все сомнения понемногу рассеялись.

Вскоре после того, как мы вернулись в Лондон, я заметил, что каминную доску в комнате Пуаро украшает превосходно выполненная фигурка английской гончей. В ответ на мой вопросительный взгляд Пуаро кивнул:

– *Mais, oui!*[1] Я получил свои пятьсот франков! Великолепный пес, правда? Я назвал его Жиро!

Несколько дней спустя нас посетил Жак Рено. Лицо его выражало решимость.

– Мосье Пуаро, я пришел проститься. Срочно отплываю в Южную Америку. Мой отец вложил в местную промышленность крупный капитал. Думаю начать новую жизнь.

– Вы едете один, мосье Жак?

– Со мною матушка и Стонор в качестве секретаря. Он любит колесить по свету.

– И больше никто?

Жак вспыхнул.

– Вы говорите о?..

– О девушке, которая столь преданно любит вас, что готова была отдать за вас жизнь.

– Разве я смею просить ее? – пробормотал молодой человек. – После всего, что было, мог ли я прийти к ней и… Боже мой, ну что я ей скажу? Мне нет оправдания!

– *Les femmes*[2]… У них на этот счет удивительный талант – они могут найти оправдание чему угодно.

– Да, но… я вел себя как последний болван!

– Мы все порой совершаем непроходимые глупости, – философски заметил Пуаро.

Лицо Жака сделалось жестким.

– Тут совсем другое. Я – сын своего отца. Разве кто-нибудь, узнав об этом, согласится связать со мною свою жизнь?

– Да, вы – сын своего отца. Гастингс может подтвердить, что я верю в наследственность…

---

[1] Ну да, конечно (фр.).
[2] Женщины… (фр.)

– Ну вот, видите…

– Нет, минутку. Я знаю одну женщину редкого мужества и выдержки, способную на великое чувство, готовую ради этого чувства пожертвовать собою…

Жак поднял взгляд. Лицо его просветлело:

– Моя матушка!

– Да. И вы – ее сын. Поэтому идите к мадемуазель Белле. Скажите ей все. Ничего не таите. Увидите, что она вам ответит!

Жак явно колебался.

– Идите к ней, идите не как мальчик, а как мужчина. Да, над вами тяготеет проклятье прошлого, но удары судьбы вас не сломили, и вы с надеждой и верой вступаете в новую и, несомненно, прекрасную пору жизни. Просите мадемуазель Беллу разделить с вами эту жизнь. Вы любите друг друга, хотя, возможно, еще не осознаете этого. Вы подвергли свое чувство жестокому испытанию, и оно его выдержало. Ведь вы оба готовы были отдать жизнь друг за друга.

А что же капитан Артур Гастингс, смиренный автор этих записок?

Ходят слухи, что он вместе с семейством Рено обосновался на ранчо за океаном. Но чтобы достойно завершить это повествование, хочу вспомнить одно прекрасное утро в саду виллы «Женевьева».

– Я не могу называть вас Белла, – сказал я, – ибо это имя вашей сестры. А Далси звучит как-то непривычно. Так что уж пусть будет Сандрильона. Помнится, она выходит замуж за принца. Я не принц, но…

Она перебила меня:

– А помните, что Сандрильона ему говорит? «Я не могу стать принцессой, ведь я Золушка, бедная служанка…»

– Тут принц ее перебивает… – пустился я импровизировать. – Известно ли вам, что было дальше?

– Хотелось бы знать!

– «Черт побери», – говорит принц и целует Золушку!

Я так вошел в роль принца, что немедленно последовал его примеру.

ОГЛАВЛЕНИЕ

www.ingramcontent.com/pod-product-compliance
Lightning Source LLC
Chambersburg PA
CBHW060619310726
48982CB00003B/602

* 9 7 8 1 7 6 3 8 2 2 3 0 6 *